ÂNIMA

AMEAÇA VIRTUAL

ÂNIMA

AMEAÇA VIRTUAL

MARIANA MADELINN
CAROL VIDAL
RICARDO SANTOS

AVEC
EDITORA

Publisher: *Artur Vecchi*
Editor: *Duda Falcão*
Revisão: *Camila Villalba*
Ilustração de capa: *Bruno Romão*
Projeto Gráfico e diagramação: *Bruno Romão*

1ª edição, 2023
Impresso no Brasil/ Printed in Brazil

V 648

Vidal, Carol

Ânima : ameaça virtual / Carol Vidal, Ricardo Santos, Mariana
Madelinn. – Porto Alegre : Avec, 2023.

ISBN 978-85-5447-174-3

1. Literatura infantojuvenil I. Santos, Ricardo   II. Madelinn,
Mariana III. Título

CDD 028.5

Índice para catálogo sistemático:
1. Literatura infantojuvenil   028.5

AVEC Editora
Caixa Postal 6325
Cep 90035-970 – Porto Alegre - RS
contato@aveceditora.com.br
www.aveceditora.com.br
Twitter: @avec_editora

Não me iludo
Tudo permanecerá do jeito que tem sido
Transcorrendo, transformando
Tempo e espaço navegando todos os sentidos
Tempo Rei, Gilberto Gil

Vocês que fazem parte dessa massa
Que passa dos projetos do futuro
É duro tanto ter que caminhar
E dar muito mais do que receber
Admirável Gado Novo, Zé Ramalho

I don't care if it hurts
I wanna have control
I want a perfect body
I want a perfect soul
Creep, Radiohead

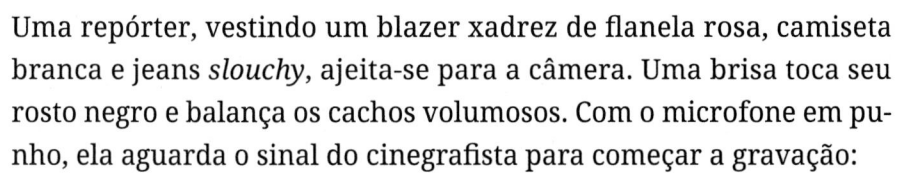

PRIMEIRA ANOMALIA ÂNIMA

Uma repórter, vestindo um blazer xadrez de flanela rosa, camiseta branca e jeans *slouchy*, ajeita-se para a câmera. Uma brisa toca seu rosto negro e balança os cachos volumosos. Com o microfone em punho, ela aguarda o sinal do cinegrafista para começar a gravação:

— Depois do misterioso desaparecimento da co-criadora do metaverso brasileiro Ânima, Kelly Hashimoto, o CEO da Creative Worlds, Brenan Cerqueira, afirma que o Torneio vai acontecer, mesmo com os problemas relatados pelos usuários. — A mulher fala distante o suficiente para enquadrarem, atrás dela, o suntuoso prédio espelhado com o logo da CW. — Viemos até aqui para buscar mais respostas e queremos saber o que você acha, videoespectador do nosso canal *Todo Dia*! Deixe seu comentário.

De repente, uma gritaria ecoa na entrada do prédio da CW. A repórter se vira para trás, no susto. O cinegrafista caminha para o lado e desvia o foco da câmera para as pessoas correndo para fora do prédio.

A repórter tenta retomar o controle da gravação, deixando espaço para o flagrante:

— Parece ser uma situação de risco. — Ela fala ora olhando para a câmera, ora voltando-se para trás. — Uma possível ameaça vindo de dentro do prédio da CW. Vamos nos aproximar para registrar melhor o fato.

O cinegrafista hesita, mas cede aos chamados da colega, e ambos saem em disparada.

— O pânico é geral! De qual perigo essas pessoas estão fugindo? — A mulher, a todo momento, vira o rosto para a câmera enquanto avança às pressas. — São informações quentíssimas, direto da sede da CW.

A gritaria aumenta. Mais gente sai do prédio, corre, tropeça e se levanta.

As pessoas passando na calçada já se sentem afetadas por toda a aflição. Param, recuam, dão meia-volta e correm também.

A confusão chega ao trânsito. Carros e ônibus reduzem a velocidade e até freiam para não atropelar ninguém. Batidas ocorrem.

A repórter não para de falar. O cinegrafista tenta acompanhá-la em meio ao caos crescente.

Um urro bestial faz a repórter segurar o passo e ficar em silêncio entre os carros parados na rua.

O cinegrafista aponta, afoito, a câmera para cima, na direção do logo da CW.

O som de estalos elétricos pode ser ouvido. Depois, surgem raios de várias cores, tomando partes da fachada do prédio.

Até que vêm a explosão de algumas janelas e a chuva de vidros.

Apesar do aumento da gritaria, o cinegrafista se mantém na mesma posição, a câmera captando todo o fenômeno.

— Que merda é essa? — a repórter grita fora da imagem.

Das janelas quebradas, surgem tentáculos que mudam de cor e de consistência a todo instante. É um polvo gigante? Uma planta colossal? Aquelas coisas são feitas de areia? De água? De lama?

A única certeza é de que os tentáculos estão cada vez mais longos, balançando no ar.

Um novo urro, ainda mais perturbador, e o caos se instala de vez.

— Caio, vamos sair daqui! — A repórter tenta superar o barulho de gritos, buzinas e batidas de carros.

— Nem pensar. Esse vídeo agora vale ouro, Bel!

A câmera treme, balança, uma confusão de imagens.

O foco muda para a repórter. O rosto numa mistura de medo e fúria. Ela segura o braço do cinegrafista, a pele branca com uma tatuagem de raposa.

— Me larga!

— Você ficou maluco, cara! Vamos embora!

— De jeito nenhum!

O cinegrafista puxa o braço de volta e aponta a câmera para o prédio da CW.

— Seu idiota! — a repórter grita.

A mudança de cores e de consistência dos tentáculos continua. Aquilo é algodão-doce? Alcaçuz? Pipoca? Jujuba? Cada tentáculo mostra um aspecto diferente.

O terceiro urro da criatura se mistura ao som de uma buzina bem próxima. O cinegrafista desvia a câmera para um táxi ao lado.

— Sai da frente, infeliz! — o motorista grita, com a cabeça para fora da janela.

A câmera abandona o motorista desesperado e foca no tumulto da calçada.

O cinegrafista começa a andar naquela direção, usando a câmera como seus olhos para chegar lá são e salvo. Posiciona-se atrás de um poste de iluminação para evitar ser derrubado pelas pessoas gritando e correndo.

A câmera capta o exato momento em que pessoas e carros são esmagados por um tentáculo feito de glacê branco.

A câmera é apontada para cima, de volta à fachada do prédio da CW.

Mas o que toma a tela por inteiro é um tentáculo feito de queijo, amarelo e todo cheio de buracos, aproximando-se do chão.

O cinegrafista grita.

A tela fica cinza.

Todos os barulhos do caos continuam nítidos por mais trinta e dois minutos.

O vídeo não foi editado nem subiu no MyTube pelo canal *Todo Dia*. O material tinha sido dado como perdido após a morte do cinegrafista Caio Brás e a destruição do equipamento, segundo informaram à polícia a repórter Isabel Carvalho e a editora Bruna Sanches. A equipe do canal se resumia aos três. O vídeo viralizou na internet, gerando milhões de visualizações. As autoridades estão investigando o autor ou os autores do roubo e da divulgação das imagens.

Tirei o *headset* e o guardei na gaveta que só abria com a minha digital. Enquanto aguardava o computador desligar, fechei os olhos e já me imaginei em casa, de banho tomado e deitada, procurando relaxar no meu sofá não muito confortável. Meu momento preferido do dia era quando podia esquecer de tudo e mergulhar no mundo que criei no Ânima.

Eu só queria que o teletransporte fosse uma realidade. Enfrentar mais de uma hora de trânsito era tudo o que eu não precisava numa sexta-feira.

— Lia, você tem um minuto? — Rogério, meu chefe, me despertou dos meus devaneios e quase me fez cair da cadeira.

— Claro — respondi com um sorriso forçado que dizia o que minha voz não pôde: "como se eu tivesse outra opção". O acompanhei até a sala dele, rezando pra conversa não demorar muito. Samantha passou por mim com cara de interrogação. Levantei os ombros, dando a entender que também não sabia do que se tratava.

Entrei no escritório de Rogério e sentei na cadeira de frente pra sua mesa. A mobília da sala era simples — uma mesa com computador perto da janela e um aparador, onde tinha uma garrafa térmica com café, uma outra com água quente pra fazer chá e, embaixo, um frigobar. Em comparação às nossas baias apertadas e cadeiras empenadas, essa decoração era um luxo.

Prendi meu cabelo ondulado em um coque e ajeitei a postura, acomodando minha bolsa no colo — esperava que ele entendesse o sinal de que o expediente já tinha acabado. Rogério sentou-se de frente pra mim e bebeu um gole de chá antes de iniciar o assunto.

— Quantos anos mesmo você trabalha com a gente?

— Vai fazer três anos daqui a algumas semanas. — Não estava gostando daquele papo. Senti o coração disparar e o estômago arder, mas tentei manter o rosto tranquilo, como se fosse uma conversa casual.

— É bastante tempo.

Mais do que eu gostaria. Ser operadora de telemarketing estava longe de ser meu trabalho dos sonhos.

— É, sim.

— E você está satisfeita com o trabalho?

Pergunta traiçoeira: ele quer me promover ou me demitir?

— Tem dias que é puxado, mas já me acostumei.

— O que torna ainda mais difícil a minha decisão.

Fiquei em silêncio esperando a bomba que viria. Rogério pigarreou e prosseguiu:

— Como você sabe, enfrentamos um momento complicado e o nosso quadro precisará ser enxugado. Infelizmente, não teremos como mantê-la em nossa equipe.

Minha vontade era xingar muito, desenterrar todos os palavrões já inventados. Senti meu rosto progredir do branco pra um vermelho quente como o fogo. Meus olhos umedeceram, mas respirei fundo pra controlar meus sentimentos. Não iria deixá-lo saborear o gosto da minha derrota.

— Certo — respondi com a voz entre embargada e firme, olhando pra baixo.

Precisava ir embora o mais rápido possível. Minha cabeça estava um turbilhão e não sabia o que seria de mim dali pra frente. Esse emprego passava longe de ser um sonho, mas pagava minhas contas — bem mal, mas pagava. Sempre senti que merecia mais do que aquela vida, sabe? Só que nunca tive tempo de ir atrás de outra melhor.

Rogério não falou mais nada. Levantei os olhos e percebi que ele estava prestando atenção em alguma coisa do lado de fora. Olhei pra janela também e percebi uma movimentação estranha na rua. Tinha gente e trânsito demais, até mesmo pra uma sexta-feira.

É hoje que não chego em casa.

— Posso ir, dr. Rogério?

— Vai, vai. Depois a gente acerta os detalhes — ele respondeu, sem desgrudar os olhos da janela.

Quando saí da sala, encontrei Samantha no corredor roendo as unhas. Ela foi a única amizade que consegui fazer na empresa. Tá, não foi só amizade. Saímos uma vez ou duas. Ou mais.

— E aí? — perguntou ela com expectativa.

— Fui demitida.

— Quê? Como assim?

Contei pra ela como tinha sido a conversa enquanto caminhávamos pela avenida Tancredo Neves até o ponto de ônibus. Quando atravessamos a passarela, percebi o trânsito parado e as estações de ônibus abarrotadas. Até mesmo o metrô permanecia imóvel nos trilhos. Esperamos mais de vinte minutos e nada do ônibus passar.

— Quer ir comer alguma coisa? Melhor do que ficar em pé aqui.

— Não, Sam, hoje não. Tô cansadona.

— Tudo bem, você que sabe.

Ficamos em silêncio e fugindo uma do olhar da outra. A verdade era que minha recusa não tinha só a ver com o cansaço. Essa indefinição do que éramos estava me incomodando. Ela parecia querer algo mais sério. Eu gostava da companhia dela, mas aquela era uma complicação que não podia me dar ao luxo de ter na minha vida.

Ainda mais naquele momento. Tudo o que precisava era de um escape e não de pensar em coisas profundas.

— Olha ali, lá vem ele. Finalmente! — disse Sam.

Entramos no ônibus e a voz metálica da inteligência artificial que conduzia o veículo nos cumprimentou. Colocamos nossa digital pra liberar a catraca. Quando todos haviam entrado, o ônibus partiu.

Por um milagre, Sam e eu achamos lugar vago no fundo. Me acomodei no assento da janela. Sam desceria primeiro que eu. Tentamos puxar alguns assuntos, mas nenhum foi pra frente. Até que desistimos e ficamos só sentadas uma do lado da outra.

O engarrafamento estava monstruoso e tentei me distrair olhando pra rua. Uma brisa entrava pelas janelas abertas e aliviava o calor. O ar-condicionado encontrava-se quebrado. Fechei os olhos e senti o vento bater no meu rosto e soltar alguns fios de cabelo do coque.

Quando voltei a prestar atenção à minha volta, tomei um susto. Tinha um monte de luzes no céu e uma criatura enorme parecia prestes a esmagar um prédio.

— Vixe, é na CW! — exclamou uma moça sentada próxima de nós. Isso foi o suficiente pra causar um alvoroço entre os passageiros.

Num instante, todo mundo se acotovelava pra conseguir uma visão da janela. No olho do furacão, vi uma moça com um microfone e um rapaz com uma câmera.

— Tomara que acabem com essa miséra desse Ânima!

— Esses bicho aí são montagem, marketing pro metaverso deles!

— Isso é coisa do diabo!

Eu e Samantha ficamos boquiabertas e sem saber o que fazer enquanto o monstro tomava a rua e ia direto pra cima do cinegrafista.

— Era só o que me faltava acabarem com minha única diversão... — comentei pra ninguém em específico.

Com o trânsito do jeito que estava, demoraríamos muito pra chegar em casa. Ao mesmo tempo, era muito longe pra ir andando, fora o risco de cruzar com a confusão toda na rua.

— Devia ter aceitado seu convite pra comer — eu disse pra Samantha, tentando ser engraçada e falhando miseravelmente.

— Ainda dá tempo. Tem um café logo ali na entrada do Salvador Shopping — ela disse com um sorriso fofo.

Andamos alguns metros até o café e escolhemos uma mesa no canto.

Mesmo dentro de um ambiente fechado e calmo, demoramos um tempo pra conseguir parar de falar do que tínhamos presenciado.

— Espero que resolvam logo essa bagunça — disse Sam.

— Não sabia que gostava do Ânima. Você sempre pareceu uma pessoa mais da vida real — comentei.

— É, eu gosto desse contato com as pessoas, sim, mas o metaverso tem lá suas vantagens.

Foi muito rápido, porém, enquanto Sam falava do Ânima, vi um brilho no olhar dela, uma intensidade diferente daquela moça meiga com que eu estava acostumada. Mudamos de assunto e logo minha percepção não parecia nada além de um engano.

Um tempo depois, voltamos pro ponto de ônibus. Ainda era possível ver um certo caos na rua com a chegada de ambulâncias e policiais.

Foi bom estar com Samantha, mas eu tava doida pra chegar em casa. Ao contrário dela, eu não via lá muitas vantagens na realidade.

 # CAPÍTULO 2 » **VAGNER**

Mentir era meu melhor ganha-pão, desde menino. Uma mentira puxa outra, eu sei. Mas o segredo era nunca deixar o fio embolar-se. Isso requer dedicação e, claro, talento. Outras pessoas são boas em praticar esportes, consertar carros, fazer bolos, soletrar palavras. Eu era bom em mentir. E foi essa minha habilidade, acima de tudo, que me transformou num agente. E, alguns anos depois, me levou pra dentro do Ânima.

Doze horas após a aparição da primeira anomalia do metaverso no mundo real, eu estava na sala da minha supervisora, Karen, sentado em frente à sua mesa. Só havia nós dois no recinto. Um cara negro de camisa polo e jeans e uma mulher branca de blazer e saia.

— Como assim, senhora? — perguntei.

— Eu sei, agente Vargas.

Nunca testemunhei a super sorrir ou relaxar. Aliás, nem eu nem ninguém do Setor 6. Pelo menos, eu não tinha conhecimento. E olha que eu sabia de bastante coisa que acontecia naquele edifício. Muito mais do que deveria. Sabia, por exemplo, que a super sorria e relaxava quando estava em casa com o marido e as duas filhas.

Mas confesso que fiquei decepcionado comigo mesmo por ir à sala dela sem imaginar do que se tratava.

— Isso nunca foi feito, senhora.

— Eu sei, agente Vargas. Tudo era mais fácil antes dessa confusão. Tínhamos as informações de que precisávamos ao alcance de um clique.

— E, como bem sabemos, senhora, quando o metaverso não nos fornece o que queremos, vamos pra rua. Deixe o Ânima pros Ratos.

— Desta vez, será diferente. Um procedimento experimental. Uma ordem da presidente. Ela conta com a versatilidade dos agentes do Campo, com o preparo psicológico de vocês. As regras dentro do Ânima foram abaladas. Muitos usuários estão confusos e frustrados. Mas tem aqueles que adoraram o caos. Os dados fornecidos não são mais confiáveis. O ministro está arrancando os cabelos.

— Mas, senhora, ele é careca.

— Agente Vargas, você não é nada popular neste setor. Você tem poucos aliados por aqui. E, acredite, sou um deles, vivo repetindo isso. Gosto do seu trabalho, de sua dedicação. Por isso, você está sentado nessa cadeira hoje.

A primeira coisa que pensei foi no que aquela doida estava me metendo.

Lembre-se que Brenan Cerqueira não negou nem confirmou nada durante seu pronunciamento à imprensa. O que acontecera foi uma poderosa invasão hacker? A sabotagem de algum ex-funcionário virado na zorra? Ou talvez uma grave falha no desenvolvimento do metaverso? Segundo ele, a CW só iria esclarecer todos os detalhes do ocorrido quando tudo estivesse solucionado. Ele encerrou sua fala dizendo que os protocolos de segurança foram acionados, e que especialistas da CW estavam empenhados em pôr fim ao problema. O que ele não disse foi que especialistas do governo, num esforço em conjunto, também procuravam resolver a crise.

A portas fechadas, Brenan e figurões do alto escalão do governo mais se estranhavam do que se entendiam. A presidente da República comandou uma das reuniões. Ela queria resultados imediatos. A cobrança da sociedade passou a incomodar cada vez mais. A presidente fazia de tudo pra manter a ordem, e logo quem provocava o caos? A empresa que era sua maior aliada. A todo momento, ela era informada sobre os rumos da situação.

— Agradeço o suporte e a confiança, senhora.

A super apertou as mandíbulas, uma fúria contida.

Ela continuou:

— Vamos ampliar os esforços na busca por Kelly Hashimoto. Brenan Cerqueira tem certeza de que ela é a chave pra resolver toda essa confusão.

— Desculpe, senhora, mas sabemos que Cerqueira não é confiável.

— Sim, sabemos. A questão é que ele quer salvar a empresa dele. Então terá que ceder.

— Senhora, quem não garante que foi ele quem começou tudo isso?

— Nossas investigações ainda estão na fase inicial. Nenhuma possibilidade está descartada.

— E se ele também estiver envolvido no sumiço de Kelly Hashimoto?

— Como eu disse, é uma possibilidade. O que complicaria ainda mais entender os reais motivos de Cerqueira.

— O sumiço pode ter sido pra valer, uma fuga, ou um sequestro encenado.

— No apartamento dela não está faltando nada, nem as roupas. Se ela realmente fugiu, deixou tudo pra trás.

— E essa história de procurá-la no Ânima?

— O time de segurança da CW está vasculhando todos os cantos possíveis à procura dessa mulher, no Brasil e no resto do mundo. Cerqueira agora *solicita* toda a ajuda que puder conseguir pra procurá-la no único lugar onde ele ainda não tinha pensado.

— Mas o corpo, a mente, Kelly Hashimoto inteira tem que estar em algum lugar no mundo real.

— De fato, agente Vargas. A partir de agora, serão duas frentes de trabalho, dentro e fora do metaverso. O Campo fará sua parte.

— Senhora, então me coloque na rua!

Eu me mexi na cadeira tão pouco, porém foi o suficiente pra se configurar como insubordinação.

— Agente Vargas, acalme-se!

— Desculpe, senhora.

— Seu trabalho será mais importante dentro do metaverso.

— Senhora, não é perigoso entrar no Ânima dadas as atuais circunstâncias?

— Tem seus riscos.

Tentei disfarçar ao máximo minha cara de raiva.

— Agente Vargas, sei que estou pedindo muito. Mas este é um momento decisivo pro governo, pro ministério e pro Campo. Uma oportunidade que não pode ser desperdiçada pra conhecermos melhor os segredos do Ânima, quem sabe todos eles. Aquilo que Brenan Cerqueira nunca quis nos mostrar. E, acredite, o ministro garantiu uma recompensa à altura da dedicação dos nossos mais bravos agentes.

Então ela sorriu! Foi assustador testemunhar aquilo pela primeira vez.

# CAPÍTULO 3 » **NIARA**

Eu já tinha reproduzido cinco vezes o vídeo que vazou da repórter do *Todo Dia* correndo alucinada em direção a uma caótica multidão vinda da CW. A expressão dela se transformando de excitação pra horror, em poucos minutos, era o tipo de coisa que faria Kelly rir, se ela estivesse aqui.

A ausência dela me travava a garganta e causava arrepios. Não teve adeus, vestígios, nada! Só ligações não retornadas e mensagens não visualizadas. Eu até fui à delegacia saber sobre as buscas, mas Brenan simplesmente me afastou de qualquer investigação. Usou de sua típica arrogância e da justificativa de que aquela situação deveria ser sigilosa e restrita à empresa.

Por isso, tentava driblar a saudade analisando o polvo gigante e metamorfo que surgiu no vídeo. É quase inevitável me questionar como Kelly teria agido se tivesse ido trabalhar naquele dia. Pensando bem, considerando que ela era viciada em trabalho, eu não me surpreenderia caso desse uma de heroína, se deixando engolir pela chuva gosmenta e colorida que o polvo expeliu, apenas pra salvar sua empresa.

Fechei meu laptop, disposto na mesa de centro, entre suspiros. A verdade é que fiquei exausta de tanto pensar o que poderia ter acontecido. Nós estávamos prestes a morar juntas, ter um cachorro e eu até compraria uma samambaia, só pra fechar o pack de casal feliz. A ouviria reclamar toda manhã sobre eu ter esquecido de molhar a planta e eu responderia com sarcasmo que "é por isso que as pessoas compram samambaias: dá pra esquecer delas sem culpa!".

Já tinham se passado dois dias desde o seu sumiço e eu ainda não engolia essa história. Dona Sílvia, mãe da Kelly, já tinha chorado e tudo comigo no telefone. E, bom, se a dona Sílvia teve a pachorra de me ligar era porque o negócio tinha sido muito feio mesmo! Ela mal falava com a filha e, nas poucas vezes em que nos encontramos, eu fui o elefante *preto* no meio da sala. Ou como diria qualquer senhorinha meio variante das ideias por aí: a melhor amiga da filha dela e nada além disso... Sabe?

Meu Deus, ela ainda disse "Pobrezinha, como você está?"... e eu tava sufocando numa piscina de piche. Eu não tinha tempo de calcular uma resposta que parecesse afável o suficiente. Daí eu disse "Eu tô indo, né, dona Sílvia?". Eu só precisava respirar. Tava tentando entender. Me afundei entre as enormes almofadas do sofá branco da minha sala, até os roncos da minha barriga lembrarem que fazia um tempo desde a minha última refeição.

Me esforcei pra acumular energia o bastante e ir até a cozinha. Eu não me aguentava mais. Já tinha cansado daquele moletom e de ficar rastejando de um ambiente pro outro com tantas perguntas e ausências. Até sentir o chão frio debaixo dos meus pés deixou de ser um problema. Peguei um pacote de salgadinho na dispensa. Quando abri a geladeira pra pegar um refrigerante, olhei displicentemente pro porta-chaves na parede ao lado. A chave dourada presa ao chaveiro do 1Up me capturou. Era a minha chave extra pra casa de Kelly. Fechei a geladeira com o quadril e continuei encarando a chave enquanto bebia o refrigerante.

E se as respostas que eu precisava estivessem lá, na casa dela? E se ela tiver, sim, deixado uma mensagem, mas escondida? Ela sempre amou charadas... Olhei pro relógio de parede e notei que já eram duas da manhã! Às nove horas meu turno na Soluções Tech começava, a startup em que eu atuava como *dev* de softwares.

Eu vinha me enchendo de todo tipo de trabalho apenas pra evitar pensar no sumiço da minha namorada e agora tudo que eu mais precisava era averiguar a casa dela. Era minha última tentativa! Enviei uma mensagem pra minha gerente ler logo cedo, dizendo que comi algo que não tinha me feito bem e teria de faltar naquele dia. Eu tinha algumas horas extras. Rosana não iria pegar tanto no meu pé.

A ideia de finalmente ter alguma pista do ocorrido me deixou tão elétrica que tive dúvidas se conseguiria dormir. Mas o cansaço me venceu e, após encerrar meu lanche da madrugada, apaguei no quarto. Só acordei algumas horas depois com o despertador do celular. Tomei banho às pressas, vesti uma calça preta de teflon no estilo jogger, e um *cropped* mostarda de manga curta. Fiz fitagem no meu cabelo crespo em frente ao espelho, calcei os já batidos coturnos pretos e parti com minha moto elétrica azul-petróleo.

CAPÍTULO 4 » VAGNER

O que mais me irritava dentro do Ânima era o cheiro. Melhor dizendo, a falta dele.

Na verdade, meu nariz captava os odores do laboratório dos Ratos, enquanto minha mente estava em outro lugar, dentro do metaverso. O *headset* de realidade virtual cobria meus olhos e ouvidos.

O ar-condicionado no talo só tornava o cheiro do material de limpeza ainda mais acentuado, irritante. Às vezes, eu soltava espirros fortes e dramáticos, pra aflição dos Ratos hipocondríacos.

O Ministério de Assuntos Estratégicos era responsável, na prática, por vigiar e espionar todo mundo. Entre diretorias, secretarias e órgãos subordinados ao ministro, os xodós dele eram a Diretoria de Análises Científicas Avançadas (DACA) e a Diretoria de Avaliação de Recursos Patrimoniais e Humanos (DARPH), mais conhecidas como o Laboratório e o Campo, respectivamente. O diretor do Laboratório comandava, de Brasília, seus gerentes, supervisores e os Ratos, ou seja, o pessoal que bisbilhotava a vida alheia de trás de um computador, espalhados pelo Brasil. Por sua vez, o diretor do Campo comandava seus gerentes, supervisores e as Cobras: nós, os agentes. Essa história de Ratos e Cobras era uma piada interna no ministério, algo bem antigo. O comentário de um agente, décadas antes, sobre cobras comerem ratos, que tinha colado e virado lenda, pra ira dos Ratinhos.

Ratos e Cobras eram obrigados a trabalhar juntos em cada setor. Mesmo separados em andares diferentes, os contatos e conflitos pelos elevadores, corredores, refeitórios, cafeterias e salas de reunião eram inevitáveis. O Setor 6, daqui de Salvador, no Centro Administrativo, no CAB, era responsável por monitorar todo o Nordeste.

Confesso que minha inquietação no laboratório, no primeiro instante, abalou meus sentidos, me desorientou. Os Ratos que acompanhavam na tela meus sinais vitais perceberam a aceleração dos batimentos cardíacos. Minha falta de ar sentado numa porcaria de cadeira!

— *Acalme-se, agente Vargas* — disse o supervisor William, quem comandava aquele laboratório. Eu o chamava de Rato-mor.

Vá pra merda!, tive vontade de falar. Mas, às pressas, segui o protocolo de emergência, o qual os Ratos me *ensinaram* no treinamento. Fiz a contagem regressiva em voz alta, tentando recuperar o ritmo normal da respiração. "Inspire e expire", tinham me instruído.

— Cinco... quatro... três... dois... um.

No final, suspirei forte. Ufa.

Reconheci que a coisa dera certo.

Meu primeiro vislumbre dentro do Ânima foi uma imagem colorida e desfocada.

Eu era um *noob*, essa era a verdade. Um cara de trinta e dois anos com um pé no analógico e outro no digital.

Mas, falando sério, o primeiro motivo do sucesso do Ânima era que qualquer um podia se sentir à vontade ali dentro, de crianças a velhos. Cada um fazia o seu próprio mundo. Não era preciso ter grandes habilidades virtuais. A pessoa nem precisava competir. O importante era estar lá. Cada um podia fazer sua jornada. Construir a vida que quisesse, contanto que respeitasse as normas de conduta. Ou seja, estavam proibidas práticas que estimulassem crimes, como pedofilia, golpes financeiros, comércios ilegais e, principalmente, terrorismo. O Ministério de Assuntos Estratégicos estava atento a tais criminosos. Uma vez identificados, o banimento virtual era o menor dos problemas dessa gente.

Vou repetir com minhas próprias palavras algumas informações que você já sabe. Tratava-se de uma tecnologia nossa, cem por cento brasileira. Uma façanha frente ao assédio das corporações gringas. Inclusive, os miseráveis da CW tiveram a audácia de grafar a palavra Ânima com acento ao nomear sua maior obra, sem americanizar a coisa. Inventaram o famoso triangulozinho em cima do A. O logo ganhara prêmios internacionais de design e tudo. Até eu bati palmas pra ousadia deles. OK, a empresa se chamava "Creative Worlds". Mesmo assim. E ainda teve mais: a sede da CW, que fora fundada em Salvador, permaneceu na cidade após o sucesso mundial do metaverso. Apesar da vontade do governo de transferir as instalações pra São Paulo, a empresa se firmou em nossa capital, impulsionando o surgimento de um polo tecnológico na região metropolitana. Essa proeza fora fruto da genialidade dos seus dois criadores, Brenan Cerqueira e Kelly Hashimoto. Até seus rivais na indústria reconheciam isso. Mas parte da imprensa e certos especialistas do setor apontavam Hashimoto como a verdadeira mente por trás da CW.

A imagem começava a ganhar nitidez. Assim como os sons ao meu redor. O que nunca saía de foco eram os sinais vitais na minha visão periférica.

De fato, estar no metaverso era algo muito diferente de acompanhá-lo por uma tela de computador.

— *Agente Vargas, caso a luminosidade esteja incomodando, você pode diminuí-la* — disse o Rato-mor.

Eu estava sozinho numa praia a perder de vista, onde só havia uma areia branca e fina. Era um dia ensolarado. O céu estava azul, sem nuvens. Eu podia ouvir as ondas quebrando, tão suaves.

Pisquei. Um comando pra que os sinais vitais sumissem da minha visão.

O brilho era intenso, mas resolvi não o diminuir. Perderia a graça da coisa.

Não tive liberdade pra escolher meu avatar. Ele fora determinado pelo Campo. Um playboyzinho de vinte anos, chamado Beto Hi-Five, usando camiseta estampada, bermuda, sapatênis, corrente, relógio e óculos escuros. A pele negra da figura era a única característica que tinha permanecido como sendo minha. Demorei um pouco pra me acostumar com a cara dele. Mas não importava tanto. Eu permaneceria no metaverso na versão em primeira pessoa, seguindo minhas ordens.

O segundo maior atrativo do Ânima era a qualidade gráfica dos avatares. O usuário não precisava gastar fortunas pra ter um personagem num 3D perfeito e com movimentos precisos. Tudo dependia da potência da conexão de internet de cada um e da compra de acessórios, aí sim, mais caros, como óculos especiais, sensores, capacetes e trajes.

E o governo estimulava o interesse da população pelo Ânima. Por isso, promovia sorteios e linhas de crédito pra, segundo as autoridades, impulsionar a indústria de tecnologia nacional. Muita gente se endividava, mas entrava no metaverso bem equipada e feliz da vida.

Eu podia sentir o sol queimando minha pele de forma agradável.

— Que gostoso — foram minhas primeiras palavras dentro do Ânima.

— *O que disse, agente Vargas?* — perguntou o Rato-mor.

— A sensação do sol na pele.

Fechei os olhos pra sentir o vento batendo no meu rosto. Era assustador e, ao mesmo tempo, fascinante perceber os efeitos que o chiptron, implantado atrás da minha orelha, conseguia estimular em meu cérebro. Ainda estava me acostumando àquele trocinho esquisito. Era um artigo de luxo, objeto de desejo dos ricos e usado pelo governo apenas em ocasiões especiais.

— *Por favor, agente Vargas, abra os olhos. Precisamos acompanhá-lo de forma completa.*

Aqueles Ratos deviam estar adorando encurralar uma Cobra.

A praia estava vazia, todinha só pra mim. Um sentimento de vazio e solidão tomou minha mente aos poucos. Mas acabei me tocando de que, por mais imersivo que tudo aquilo fosse, não passava de um mundo virtual. O cheiro forte do material de limpeza me fez lembrar disso.

Meus sinais vitais não deviam ter se alterado. Com certeza, os Ratos não perceberam minha oscilação de humor. Senão buzinariam no meu ouvido.

Eu estava preparado pro que melhor sabia fazer: mentir. Pros Ratos, a super, o gerente do Setor 6, o diretor do Campo, até pro ministro e a presidente, se fosse necessário.

Dois dias antes, eu estava no auditório do edifício do Setor 6, numa teleconferência com os demais setores, cada um em suas respectivas regiões do país. O ministro falava de Brasília. Naquela tarde, prestei bastante atenção a tudo o que fora dito. Eu era um dos duzentos agentes que entrariam no Ânima à procura de Kelly Hashimoto. Ou seja, toda a reputação, todo o peso do Setor 6 recairia sobre as minhas costas e de mais quarenta dos nossos.

Durante a reunião, eu e a super trocamos dois ou três olhares sem graça. Mesmo ocupada em participar dos cochichos entre os supervisores e em puxar o saco do gerente do Setor 6, ela estava de olho em mim. Não queria que eu fizesse feio na frente de ninguém.

Portanto, dentro do Ânima, eu tinha meu próprio Torneio pra disputar. Merda. Afinal, a super sairia ganhando de qualquer jeito. Com meu fracasso, finalmente se livraria de mim, um preço que talvez estivesse disposta a pagar. Com meu sucesso, viria a glória da supervisora Karen, o reconhecimento por sua *liderança decisiva*. Ou havia algo mais sombrio à minha espera?

Porém, uma vez dentro do Ânima, não importava mais. Concentrar-me na missão significava continuar vivo tanto no metaverso como na realidade. E não, eu não estava exagerando.

De repente, percebi, no céu azul da praia, um ponto escuro ficando cada vez maior, indo na minha direção.

Aquilo era um carro em pleno ar? Um Fusca sem ninguém dirigindo?

Sim. Era minha carona.

— *Bem-vinda ao* Ânima, *Lia* — disse a voz da assistente. — *Sua atividade muscular possui uma tensão acima do normal. Você está fatigada?*

Escolhi a opção "sim", torcendo pra que o metaverso me distraísse da minha vida medíocre. Ajeitei os óculos de realidade virtual, recostei no sofá da forma mais confortável possível e me deixei levar pela vida que criei.

Depois de processar a opção que fiz, o Ânima apresentou a versão relaxante do meu mundo. Abri a porta e dei de cara com um riacho cortando o bosque. O som suave da água correndo envolveu os meus sentidos e senti a tensão do meu corpo ceder. Caminhei com meu avatar por entre as árvores enquanto algumas mensagens apareciam na lateral da tela.

Dei uma olhada rápida e percebi que havia algumas notificações de amigos virtuais. Pensei em procurar alguém disponível pra bater papo ou ser minha dupla em alguma atividade, mas, no final das contas, não estava no ânimo pra interações.

Sentei em um banquinho perto do bosque e ouvi passarinhos cantarem. Durante cinco minutos, me senti quase em paz, mas minha mente percebeu que estava sendo enganada e entrou em modo alerta mais uma vez. Em uma briga intensa, meu cérebro tentava se render ao relaxamento do Ânima, mas a todo momento lembrava da demissão e de que eu mal tinha dinheiro pra passar um mês sem trabalhar. Precisava de algo mais forte se pretendia ter uma noite de sono.

Acessei as opções na lateral do visor e escolhi o modo exercício físico. Prendi os sensores do controle nas minhas pernas, levantei do sofá e comecei a correr no mesmo lugar dentro de casa. Meu avatar percorreu todo o bosque em uma velocidade que fez meu rabo de cavalo balançar com o vento.

Quando o Ânima começou a fazer sucesso, demorei a aderir à

moda. Era algo fora da minha realidade financeira e eu não tinha tempo pra essas baboseiras. Mas logo apareceram os incentivos do governo pra compra de acessórios de imersão e não resisti. Então o metaverso se tornou minha droga, minha endorfina contra a bagunça da minha vida desde que me vi sozinha no mundo.

Eu não era burra: sabia que os figurões ganhavam milhões às nossas custas enquanto a gente criava mundos perfeitos pra chamar de nossos. Só que tudo já era muito complicado, sabe? Às vezes era melhor só esquecer e aproveitar.

— *Seu tempo de corrida acabou. Quer prorrogar?*

Escolhi a opção "não" e sentei no sofá pra respirar um pouco e beber um gole de água, em paralelo com meu avatar. A respiração estava ofegante; e a mente, mais calma.

Outra mensagem apareceu no meu visor: meu avatar precisava comer.

Liberei algumas barras energéticas que tinha guardadas e ativei a função piquenique: meu eu virtual estendeu uma toalhinha quadriculada no chão à sombra de uma árvore e comeu as barrinhas como se fossem os alimentos mais gostosos do mundo. O avatar sorria feliz — uma típica taurina. Terminado o lanche, saí do bosque em direção à praça principal.

A cidade que criei no Ânima era uma homenagem à época mais feliz da minha vida. Quando criança, eu e minha mãe íamos pra cidade natal dela em todas as férias. Em dezembro, era a hora de deixar nosso apartamento apertado em Salvador e aproveitar as maravilhas da vida interiorana.

Minha mãe havia se mudado logo que ela e meu pai se casaram. Ele sempre dizia que a vida na cidade grande tinha mais oportunidades de emprego e que eles poderiam ter uma vida melhor — isso até ele sumir no mundo quando eu tinha menos de um ano.

Dona Márcia ainda pensou em voltar pra casa, mas a humilhação seria grande demais. Então, fez o possível pra me criar sozinha, até que foi a vez dela de sumir. Deixou pra trás apenas um bilhete de despedida, dizendo que precisava de um tempo pra si mesma, algo que ela nunca teve a vida inteira. Isso foi há um ano.

Levei semanas tentando identificar quais sinais deixei passar, como não havia previsto que isso aconteceria, o que eu fiz de errado... Abandonada duas vezes devia ser algum tipo de recorde. Depois de um mês, minha mãe ligou e disse que estava bem, ou qualquer coisa do tipo. Eu não lembrava direito da conversa, pois minha raiva suplantou qualquer memória.

Em resumo: minha mãe estava por aí curtindo a vida e eu estava aqui sozinha, desempregada e dando significado à minha existência com um ambiente de realidade virtual.

Parecia masoquismo reproduzir no Ânima a cidade natal da minha mãe, mas era terapêutico me apegar às lembranças felizes. Quando construí meu mundo no metaverso, puxei da memória todas as lembranças de cada detalhe do lugar: as ruas de pedra, a praça arborizada com bancos e até o carrinho de sorvete que passava quase toda tarde.

É claro que criei algumas melhorias, como uma casa mais espaçosa pra morar, daquelas iguais às dos programas de reforma — ou o que meu dispositivo de imersão permitia, além de um pequeno gasto ou outro sem comprometer tanto meu orçamento. E era pra essa casa que eu estava indo com o avatar.

Ao abrir o portão, tinha um caminho de pedras que levava até a porta, cercado dos dois lados por flores coloridas — que duravam bem mais e eram mais fáceis de cuidar do que as de verdade.

Entrei na casa e recolhi as correspondências, entre elas, algumas *nimas* enviadas por uma das minhas amigas virtuais. Estava economizando tudo o que ganhava de doações e participando dos desafios propostos pelo metaverso, como colheitas na horta coletiva, varrer a calçada e separar o lixo. Me sentia em uma série que se passava no subúrbio dos Estados Unidos, com aquelas famílias ricas e brancas demais. Mas tudo isso por uma boa causa: essas criptomoedas poderiam ser usadas pra pagar não só incrementos pro meu Universo no Ânima, mas serviços no mundo real.

Enquanto meu avatar arrumava a casa (ou melhor, programava um robô pra fazê-lo), aproveitei pra olhar as mensagens que havia recebido. Entre os spams de sempre, vi uma notificação da minha amiga que mandou moedas:

De: Clara Garcia

Lia, já conferiu suas nimas? Eu perdi tudo, cara! Já mandei um monte de mensagens pra plataforma, mas até agora nada. Não sei o que fazer!!! Até uns móveis que comprei pra casa sumiram do Ânima. Que merda!

Meu coração disparou e fui correndo nas configurações do meu perfil ver o meu saldo. Zerado. Nada. Nem as moedinhas que Clara me enviou tinham sido computadas.

CAPÍTULO 6 » NIARA

Como era de se imaginar, a polícia havia isolado o loft de Kelly com fitas zebradas. Atravessei o jardim e me curvei, passando por debaixo de uma delas. Parte da decisão em ir bem cedo ao local era motivada por não ter que lidar com repórteres invasivos ou paparazzi. Afinal, a dramédia que eu protagonizava agora seria um prato cheio pra todos eles.

A casa de Kelly era toda automatizada. Os ambientes tinham sensor de presença e a intensidade das luzes poderia ser escolhida usando o mesmo controle que ativava o som e a TV. Alguns eletrodomésticos tinham comando de voz, outros exigiam biometria. Um apartamento de pequena extensão, mas muito funcional. Com meus dados gravados pela casa, fui reconhecida pela I.A. assim que entrei.

Confesso que só em ver o assoalho de ipê, as memórias afloraram. Lembrei das tardes em que deitávamos nos pufes gigantes pra jogar videogame. Vez ou outra testávamos as novidades da CW, mas na maior parte do tempo ficávamos nos clássicos, como Super Mário ou Pac-Man. Kelly reservava um controle azul com sensor e botões vermelhos pra mim, enquanto ela usava um amarelo de botões laranjas.

A parte térrea do loft se dividia entre os pufes gigantes, posicionados em frente à smart tv: era o pequeno espaço pros jogos de imersão com os óculos especiais. Na ponta oposta, ficava a cozinha com balcão no estilo americano. Uma parede na cor creme, com uma escada vazada, dividia a sala e a cozinha. Já no mezanino, ficavam o quarto e o banheiro.

Caminhei em direção à TV. Ao me aproximar, percebi que o acervo digital de jogos de Kelly estava aberto, a projeção ligada e o controle, com apenas um botão, abandonado sob o rack, o que não era do feitio dela... Como uma boa *dev* e designer de jogos, ela tratava seu acervo particular como um tesouro. Deixá-lo projetado pra bateria descarregar seria um deslize incomum. Segurei o controle e percebi que estava sem vestígio de poeira. Limpo até demais.

— Zenaide, quem foi a última pessoa a abrir o acervo? — questionei pra I.A.

— *Informação nã-não autorizada* — ela respondeu, dando uma falhada.

Era evidente que essa era mais uma das artimanhas de Brenan. Nunca gostei muito desse sujeitinho: ar fetichista, cheiro de sapatênis... Também não me surpreenderia se ele tivesse usado os programadores da CW pra fazer uma varredura completa no sistema da casa. Se minhas suspeitas fossem reais, Zenaide estaria exposta.

Subi as escadas pra vasculhar o quarto. Meio agitada, olhei pro jardim querendo me certificar de que não daria entrevistas ao sair. A verdade era que a falsa sensação de estar camuflada me dava paz. Eu sou humana, tá bom?

Por sorte, o local também parecia intacto, tudo posicionado exatamente como eu sei que ela deixaria. Entrar ali era como... reencontrá-la mais uma vez. E isso me fez sentir muito mais saudade!

O laptop de Kelly estava na mesa do quarto! Havia uma aba da internet aberta numa notícia sobre novos contratos da CW. Estranhíssimo. Mesmo assim vasculhei as pastas do computador, procurando algo que me chamasse a atenção. A única coisa que me prendeu foi um arquivo que estava dentro de uma pasta recheada com fotos nossas. Era um documento de texto com o nome "UTC". Ao abri-lo, verifiquei algumas sequências de *prompt* de comando[1].

Claro que não pensei duas vezes e executei os *prompts*. Janelas com mapas e programações de um metaverso pipocaram na tela. Fui tomada por uma adrenalina eletrizante que me fez engolir todos aqueles dados, como se eu estivesse comendo a melhor carne desfiada com farofa da minha vida! Não demorou muito pra cair a ficha sobre aque-

---

1 Uma linha de caracteres textuais que gera um comando no sistema operacional do computador.

las serem diretrizes do Ânima. Mas por que aqueles dados estavam criptografados no seu computador pessoal e não no da empresa?

E que bulhufas significava UTC? Tentei ver o nome como uma sigla ou talvez recortes de outro *prompt*. Me esforcei tentando pescar elementos... Levantei da mesa com o laptop e fui até a janela do quarto espiar o gramado da frente. O sol estava radiante naquela manhã e os raptores de Kelly pareciam não estar tão interessados em mim assim, já que tudo permanecia calmo. Não sei por que acabei lembrando de um piquenique que fizemos ali. Do quanto rimos e da tristeza que ela parecia esconder no fundo dos olhos. Como se algo pesado a rondasse. Lembro-me principalmente de perguntar:

— O que te atormenta, princesa?

— Unicórnios Também Choram, meu amor — Kelly respondeu, melancólica, mas acabou dando um sorriso terno no final.

CAPÍTULO 7 » VAGNER

Eu estava caindo do céu sem paraquedas!

Mesmo dentro de uma realidade virtual, foi uma experiência de-sesperadora. Parecia que de fato eu estava em queda livre, tendo apenas o ar como resistência.

Eu era um agente de carne e osso. Não um superespião de strea-ming. Não sabia fazer mil e uma peripécias. Não sabia pilotar todo tipo de veículos, lutar artes marciais, atirar com todo tipo de armas. Minhas habilidades físicas eram mais modestas. Quase sempre car-regava comigo meu canivete e a Glock. E torcia pra não ter de usá-los em campo. Mas, algumas poucas vezes, o fiz, e não tinha mais como voltar atrás...

E lá estava eu caindo em direção ao solo de maneira bem con-vincente.

O céu continuava azul, porém não havia mais sinal da praia. O que eu via, com certa dificuldade, era um monte de terra vazia, uma enorme floresta e uma cidade bem longe.

Se eu fosse um usuário com menos recursos, essa queda não teria o mesmo *impacto*. Agora dou risada, mas, naquele momento, a coisa estava tensa. Tudo culpa do chiptron que afetava meu cérebro com tanta eficiência.

Teve uma hora que os Ratos tiveram que me segurar pelos braços pra eu não cair da cadeira e meter a cara no chão do laboratório.

Todo o meu corpo sentia a pressão de desafiar a gravidade. Um vento constante tão forte!

Meu estômago embrulhou de verdade. Os sinais vitais foram à loucura. O Rato-mor ficava me perguntando, a todo momento, se eu estava bem. Óbvio que não, seu imbecil! Também ouvi a voz da su-per, preocupada não exatamente comigo, mas com o futuro dela e do Setor 6. Só que eu conseguia me manter lúcido. Curiosamente, meus sentidos estavam mais em alerta do que nunca. O problema disso era que eu sentia todas as dores.

Cheguei a me perguntar, durante a queda, que diabo eu estava fazendo ali.

Quer dizer, eu sabia (ou imaginava que sabia) qual era a resposta, mas me irritei ao pensar a respeito.

Quando o Fusca sem motorista fora me pegar na praia, apostei que seria um tranquilo passeio até o meu destino.

O Fusca se aproximou com seu característico barulho do motor e fez uma manobra lateral, como se fosse uma espaçonave, até aterrissar bem na minha frente, espalhando a areia branca. Fiquei retado porque o chiptron *soprou* nos meus olhos, obrigando-me a fechá-los pra não *entrar areia*.

Na última reunião com a super, fiquei sabendo que eu iria a um lugar isolado pra esperar a carona que me levaria à Arena do Torneio. Que lugar de encontro seria esse? Como seria essa carona? Nem a própria super fazia ideia. Eram orientações da Creative Worlds. Mais especificamente, de Brenan Cerqueira. Cada pessoa ligada ao governo, do Ministério de Assuntos Estratégicos, das Forças Armadas e de qualquer outro órgão, que estivesse no Ânima à procura de Kelly Hashimoto, teria suas próprias instruções. Nenhuma seria igual à outra. E apenas seriam reveladas dentro do metaverso. Nada prévio, nada "antes da hora certa", conforme dissera o povo da CW. Ninguém do governo gostou de ficar, mais uma vez, nas mãos daqueles infelizes.

Todo esse mistério era um tapa na cara que os programadores da CW davam nos Ratos. Uma prática a que estes últimos já estavam acostumados. Mas, desta vez, aproveitando a recente fragilidade do Ânima, o diretor do Laboratório garantira ao Ministro de Assuntos Estratégicos e à própria presidente que conseguiríamos virar o jogo.

O tal lugar isolado era a praia infinita.

Parti então com o Fusca barulhento, sentado no assento do motorista. Mas o carro nunca precisou de mim pra nada, nem pra abrir a porta, muito menos pra manobrar o volante.

Eu tinha que aguardar, mas não sabia exatamente pelo quê.

Olhei pelo retrovisor interno e dei de cara com o rosto tenso do playbozinho que me servia de avatar.

De repente, o rádio no painel ligou sozinho.

Tomei um susto.

O dial na extremidade do aparelho vintage girou, mudando de estação sem parar. Ouvi uma estática irritante.

O rádio por fim entrou em sintonia e uma voz feminina começou a falar:

— *Bom dia, agente Vagner Vargas. Em nome da Creative Worlds, estou aqui para orientá-lo a respeito da busca por nossa diretora de desenvolvimento, Kelly Hashimoto, pelos Universos do Ânima. As informações a seguir serão direcionadas exclusivamente a você, como forma de expandir nossos esforços, de acordo com a providencial orientação de nosso CEO, Brenan Cerqueira. Queremos deixar claro...*

Resumindo, o monólogo, que mais parecia uma gravação pra vender alguma coisa, foi um porre, mais irritante do que a estática do rádio.

Agora eu sabia quais seriam meus próximos passos.

Durante uma pausa da locutora, arrisquei fazer uma simples pergunta:

— Como vocês podem ter certeza de que Kelly Hashimoto está aqui, no Ânima?

Não tive nenhuma resposta. Ouvi foi a voz da super, falando baixinho, mas querendo explodir: *"Siga o protocolo da missão, agente Vargas. O protocolo."*

A locutora continuou:

— *A qualquer momento podem ocorrer instabilidades. Por isso, nossos colaboradores estarão a postos para sanar qualquer ocorrência que prejudique seu progresso. Boa jornada.*

E não foi que, após exatos oito minutos, o Fusca sofreu um solavanco, como se outro carro tivesse batido em sua traseira! Logo em seguida, ele se transformou num amontoado de píxeis toscos. Até que sumiu de vez, num estalar de dedos.

Então comecei a cair.

Não vou mentir. Gritei. Não sabia o que fazer. Entrei em pânico. A queda parecia tão real!

O Rato-mor e a super passaram a gritar no meu ouvido, deixando-me ainda mais abalado.

Pensei realmente em pedir pra sair do Ânima. Não dava mais pra aguentar.

Quanto tempo eu tinha passado ali dentro? Meia hora talvez? Só isso?

Seria uma vergonha colossal! Pra mim mesmo, acima de tudo.

Aquilo seria minha desgraça como agente.

A cabeça girava, mas a ideia da minha derrota, da minha *queda* no mundo real, estava tão clara!

E os caras da CW iam ficar assistindo ao meu desespero de braços cruzados?

Apesar de estar passando muito mal, eu ainda estava lúcido. Desmaiar seria uma solução?

Pra minha surpresa, ouvi a super pedir ao Rato-mor que desligassem tudo, que me tirassem do Ânima.

Na sequência, captei palavras fragmentadas do Rato-mor afirmando que não seria tão simples assim, dadas as circunstâncias.

Mencionaram o risco de estresse cerebral severo.

Todos nós sabíamos dessa possibilidade. Lembra quando eu disse que essa missão podia ser suicida?

Denúncias e matérias, ao redor do mundo, sobre possíveis danos cerebrais causados pelo Ânima foram abafadas pelo departamento de relações públicas da CW. Rolaram alguns processos judiciais, movidos pela empresa e contra ela, e acordos envolvendo muita grana com os familiares das supostas vítimas. Os acordos nunca foram confirmados por nenhuma das partes. Mas, quando se tratava de pessoas ricas e influentes, a CW ganhava inimigos poderosos.

A especulação era de que quanto melhor o usuário se equipava com acessórios, maior a imersão, elevando os riscos. Principalmente pra quem usava o chiptron. Nem mesmo o Ministério de Assuntos Estratégicos tinha um parecer conclusivo sobre esse escândalo. Até os Ratos ficavam em dúvida. O fato era que a CW fazia de tudo pra que o assunto fosse soterrado o mais rápido possível na opinião pública.

Nunca tive medo de altura. Mas também nunca passara pela minha cabeça praticar algum dia esportes radicais. Muito menos pra fritar meu cérebro.

Não havia nada pior pra mim do que não saber o que fazer. Isso pouco acontecia. O que me deixava sem reação, que nem uma criança sozinha, assustada. Acabei me lembrando da cara irritada do velho Clodô, quando eu tinha doze anos. Ele ficava furioso com meus momentos de indecisão. *"Faça sua escolha, moleque. Mesmo que seja a escolha errada. Não pense demais. A vida é cruel com quem pensa demais."*

Quando percebi que não teria mais salvação, do nada, espirrei horrores!

O cheiro de limpeza do laboratório invadiu minhas narinas.

Não tive a menor condição de limpar o nariz. Minhas mãos seguravam os braços da cadeira com toda a força. Eu não conseguia levantá-las.

Uma mistura de catarro e lágrimas escorreu pela minha boca.

Considerada por muitos usuários uma falha do Ânima e eterna promessa da CW, a experiência olfativa não estava ao alcance nem mesmo de quem utilizava o chiptron. Por isso, sentir a ardência daqueles produtos de limpeza nariz adentro se tornou minha âncora com a realidade.

Aproveitei a oportunidade pra pensar com mais atenção no velho Clodô. A pessoa que me ensinara a mentir. Ele fizera o mesmo com meus irmãos e irmãs de rua. Mas nós dois tínhamos um segredo. O velho Clodô se orgulhava tanto de mim! Eu era seu mentiroso preferido. Alguns anos depois, aprendi outra lição: uma criança esperta nunca é esperta o suficiente.

Pensar em meus sentimentos conflitantes em relação ao velho Clodô surtira efeito.

Eu sofria os reveses da queda, mas eu não estava mais em pânico.

Não queria mais sair do Ânima. Eu só queria parar de cair.

De repente, ouvi um som bizarro. Imaginei que tinha me confundido, que talvez fosse o barulho de um avião ou o canto de uma águia.

Abaixo de mim, um elefante vinha subindo em alta velocidade.

O pobre do bicho estava atordoado, de barriga pra cima, as patas agitando-se no céu azul.

Tive a impressão de que íamos nos chocar.

Só que, no final, não precisei me desviar dele nem nada.

Mesmo com o ar pressionando meu rosto, consegui virar um pouco a cabeça pro lado no momento em que o elefante passou por mim. Ele subindo, eu caindo.

Era um elefante tão convincente, assim como o desespero em seus olhos.

Fiz logoff do Ânima me sentindo frustrada. Larguei os equipamentos no sofá e fui tomar banho. Com a cabeça mais calma, esquentei um resto de pizza que tinha na geladeira e comi enquanto assistia a uma série policial qualquer.

Peguei no sono no sofá mesmo e acordei no meio da madrugada com dor no ombro por ter dormido toda torta. Conferi as mensagens no celular e ouvi um áudio da Sam. Antes de apertar o *play*, um sorriso espontâneo surgiu no meu rosto.

Oi, Lia. É só pra saber como você está e dizer que tô aqui se você precisar de alguma coisa. Sinto muito que você tenha sido demitida, mas espero que venham coisas mais legais pra sua vida. Sei que é meio difícil enxergar isso agora, mas nada é por acaso. Fica bem, tá? Um beijo.

Mandei apenas um emoji de coração como resposta. Sabia que as intenções dela eram boas e não queria magoá-la, mas esse excesso de otimismo dela às vezes me irritava e hoje não estava no clima pra isso.

A gente tinha uma vida ferrada, se acabava de trabalhar pra fazer patrão enriquecer... E, quando me sentia assim, tendia a analisar o quanto de dissimulação havia nesse otimismo. Mas eu não queria alimentar esses pensamentos sobre alguém tentando me ajudar. Preferia acreditar que Samantha era um ser humano melhor do que eu e não merecia ser contaminada com meu lado rabugento.

***

Se tinha uma coisa com a qual eu não estava mais acostumada era ter tempo livre. Não sabia o que fazer com minhas horas de ócio. Na verdade, sabia sim: precisava procurar outro emprego antes que minha conta ficasse zerada; precisava colocar em dia as aulas do curso de inglês que nem sabia se teria como continuar pagando; precisava arrumar a casa; precisava pensar o que queria da minha vida. Tinha necessidade de dar conta de tantas coisas que acabei não fazendo nada.

Quando menos percebi, já estava conectada no Ânima novamente.

A primeira coisa que fiz foi verificar o saldo da minha conta no metaverso, se as coisas que eu tinha perdido voltaram; no fundo, ainda tinha esperança de que seria só um problema passageiro. Não demorou pra eu perceber que a luz no fim do túnel à qual me apeguei era uma ilusão. Continuava zerada.

Fui até a aba de mensagens e escrevi pra Clara contando que o mesmo tinha acontecido comigo. Ela estava on-line e conversamos um pouco:

Clara G.: Menina, estava olhando na internet e tem vários tutoriais ensinando como resolver isso aí.

Lia F.: Mas como? Será que é seguro?

Clara G.: Sei lá, mas vi várias pessoas comentando que fizeram e deu certo. Acho que a gente devia tentar.

Lia F.: Sei lá, Clarinha... Vou pensar. Me manda os links que depois eu vejo.

Saí da aba de mensagens e fui conferir como estava meu avatar. Não costumava entrar no Ânima durante o dia, então era uma novidade pra mim algumas funções que eram liberadas nesse período. Coloquei meu eu virtual pra tomar banho de sol no jardim e logo vi as barrinhas de saúde melhorarem de forma considerável. A coitada devia estar sofrendo de falta de vitamina D tanto quanto eu.

De repente, apareceu na tela a mensagem:

Hora de trabalhar. Deseja começar o expediente?

Aceitei a sugestão e o avatar se encaminhou até o escritório. Realizei com ela o sonho que sempre tive: trabalhar de casa. Alguns comandos da "função trabalho" eram automáticos nessa versão do metaverso. Então, só assisti enquanto ela respondia e-mails e participava de reuniões. A Lia-do-Ânima era diretora de arte em uma agência publicitária e fazia trabalhos criativos de tirar o fôlego.

Não ia mentir: sentia inveja dela. Nenhuma tentativa minha de encontrar emprego pelo metaverso tinha resultado em boas oportunidades. Nada que se comparasse com a vida que criei pro meu avatar. Por isso, meu Universo era tão poderoso: nele, eu realizava tudo o que não fui capaz de ter na minha vida.

Saí do sistema e fui assistir aos vídeos que Clara me mandou. O primeiro já me pareceu complicado, por mais que o rapaz animado fizesse parecer que qualquer criança de dois anos seria capaz de dar conta. Queria minhas *nimas* de volta, mas qualquer coisa que envolvesse mexer em códigos estava longe da minha realidade.

Estava a ponto de deixar pra lá quando passei os olhos nas sugestões de conteúdos relacionados e um dos vídeos me chamou a atenção: a miniatura era a montagem da foto de uma moça jovem, uns vinte e poucos anos, segurando nas duas mãos as criptomoedas do Ânima, como se fossem dinheiro físico. Ao lado, escrito em letras chamativas: "Recupere o que é seu". O título do vídeo me ganhou de vez: "Quer de volta suas *nimas* desaparecidas? Nós ensinaremos como!"

Dei *play* sentindo o coração disparado e a mão suada. O vídeo não tinha mais do que três minutos. Na verdade, era o convite pra um fórum de usuários do Ânima. Eu sabia que esse tipo de coisa existia, mas nunca dei importância. Não achava que tinha muito por que interagir com as pessoas. Contudo, vencida pela curiosidade, assisti até o final e anotei o passo a passo pra tentar mais tarde.

Continuei seguindo mais sugestões que ensinavam como recuperar as criptomoedas. Perdi a noção do tempo. Quando percebi, estava em outro vídeo, no qual quatro pessoas debatiam sobre vigilância de dados e a necessidade de uma frente de combate ao que eles chamaram de "tirania digital". Eram um pouco inflamados nos discursos, mas tinham razão em certo ponto.

Vi na descrição do vídeo que eles se autointitulavam os "Animalescos" e prometiam, pra quem aderisse, a navegação segura pela internet. Abri as redes sociais do grupo e segui o perfil pra olhar com calma depois.

Já passava da hora do almoço e meu estômago falava mais alto que minha curiosidade. Encomendei, pelo Ânima, uma quentinha do restaurante do bairro e fiquei mexendo no celular conforme acompanhava o status do pedido.

Mandei mensagem pra Sam perguntando como estavam as coisas no trabalho com minha ausência. Conversamos amenidades enquanto ela estava no intervalo do almoço. Prometi que sairíamos algum dia, depois do seu expediente. Quando ia deixar o celular de lado, vi que havia chegado uma mensagem *inbox* do perfil dos Animalescos. Era um texto automático convidando pra conhecer a comunidade deles, "um lugar sem delatores".

CAPÍTULO 9 » NIARA

Eu segurava, na ponta dos dedos, a cópia do *prompt* salvo no meu nanochip de memória. Estava pronta pra conectá-lo ao laptop. De volta ao meu sofá branco, tentava decifrar o que o Ânima tinha a ver com o sumiço da minha namorada. Não era absurdo imaginar que ela e Brenan teriam divergências sobre os rumos desse metaverso. E eu estava disposta a fazer o que fosse preciso pra salvar a princesa! Confesso que desejava ser um pouco mais sagaz que o Super Mário nessa empreitada.

Antes de abrir os arquivos, tive meu raciocínio cortado por uma notificação do meu e-mail, com uma manchete do jornal *Correio Brasileiro* que dizia "Ache Kelly Hashimoto e...". Juro que olhei pros lados; dessa vez os algoritmos das redes foram longe demais! Cliquei na mensagem e abri a notícia. O patife do Brenan estava colocando a cabeça de Kelly a prêmio! Ele simplesmente vazou pro mundo que a cofundadora da CW podia estar escondida no Ânima, e quem a encontrasse levaria uma baita grana pra casa.

Resolvi usar o ódio como mola propulsora pra que eu fosse a pessoa a encontrá-la. Executei as linhas de comando e reli com mais calma os projetos. Dei mais uma mordida num sanduíche de queijo quente e decidi: estava na hora de entrar no metaverso! Peguei os óculos de imersão e os chicletes de sensibilidade na casa de Kelly; era um projeto ainda na fase beta. Pareciam pequenas esferas, que derretiam com a saliva e tornavam a interatividade bastante real. Ela me perdoaria por usá-los, se soubesse dos meus esforços pra salvá-la.

Loguei usando a televisão da minha sala e uma voz feminina anunciou:

— *Bem-vinde ao Ânima, a experiência onde você pode ser quem quiser. Gostaria de saber mais sobre você, assim posso te dar sugestões de como começar... Por exemplo, como gostaria de ser chamade?*

— É... oi? Me chame de Sininho, meus pronomes são femininos. — Eu estava ansiosa pra ouvir aquela voz robótica me chamar assim, você pode me culpar? — Pode fazer uma leitura dos meus traços? Eu quero aproveitá-los na minha avatar. Mudaria poucos detalhes! — complementei.

— *Olá, Sininho, gostamos muito de fadas por aqui. Iniciando leitura corporal...*

À minha frente, o pequeno modem com o sensor de presença lançou luzes na minha direção. Em poucos segundos, notificações apareceram no canto inferior direito da tela, solicitando que eu editasse a minha avatar.

Me empenhei montando uma fada, mas fiz questão de manter o *black* crespo e curto, raspado nas laterais. Optei também por vestimentas na cor verde-musgo.

Após editar minhas informações, um globo terrestre tomou conta da tela. O relógio do metarverso sincronizou com o fuso horário local. Era possível notar, no canto inferior esquerdo, a descrição "modo matutino: ativado", o que mantinha as cores do globo vívidas e iluminadas.

— *Sininho, agora é com você!* — Eu nunca vou me cansar disso. — *Você pode escolher um Universo da nossa base de dados ou criar um novo. Selecione com o controle a opção desejada.*

As duas opções apareceram no topo da tela. Optei por selecionar um pré-existente. Usei o controle pra girar o globo, buscando Universos e verificando suas descrições. Ao final, escolhi o Universo Serravale.

Não demorou muito pra que a minha avatar sobrevoasse um grande vale rodeado por cânions e montanhas. Havia muito verde por todo o lado e alguns riachos. Aterrissei num gramado e resolvi deitar por uns minutos.

A verdade era que eu sempre tive resistência em entrar no Ânima. Mesmo sendo namorada de Kelly, nunca tive muita paciência com realidade virtual. Aliás, aquela grama era muito realista! Ela até tremulava com o vento... Me concentrei no céu, que parecia limpo demais. Uma gaivota solitária invadiu meu raio de visão. Na sequência, uma bala cortou o ar bem acima de mim. Olhei pro lado e vi que um rapazinho afobado vinha correndo. Ou melhor, fugindo!

— Corra pra floresta, a patrulha vem vindo aí! — ele gritou.

— Como assim, garoto?

— Apenas corra! — ele insistiu, ofegante.

— A mulher negra não tem um minuto de paz nem no mundo virtual, meu Deus... — acabei soltando.

Mas, pra quem procurava uma ocupação, aí estava a minha! Então rumei pra floresta voando. Ao menos aqui, eu era uma fada.

Entramos na mata e eu passei a observar melhor o avatar magricela do meu novo companheiro. Acima da barra que indicava sua vitalidade, havia o nome Amin grafado. Ele tinha uma cabeleira cacheada, uma pele escura e usava um *incerun*, que entregava a sua devoção ao islã. Nos camuflamos por entre as árvores. Como apenas seguir pessoas aleatórias não é do meu feitio, acabei perguntando:

— Como é isso de patrulha, meu rapaz?

— Você sabe, o Ânima anda uma loucura. Dando bugs o tempo todo, então as pessoas se aproveitam, né? Quebram as regras, roubam umas às outras... Nessa história, começaram a surgir patrulhas. Um monte de usuário milico, metido à besta e que se sente dono da coisa toda... — O garoto cuspiu no chão. — Não confio em militares!

— Nossa, realmente uma loucura! — falei em tom de confirmação enquanto analisava se Amin valia a informação de que sou novata por aqui. — Nessas situações, você escolhe ceder ou provocar as lideranças? — questionei, curiosa.

— Você é direta — ele respondeu entre risinhos sem graça. — Mas a verdade é que eu sobrevivo... como a grande maioria dos usuários que escolhem o Serravale.

— Boa escolha de palavras, Amin!

— Qual o lance com fadas? — ele questionou, intrigado.

— Sempre quis voar e vigiar meus inimigos de perto. — Não estava mentindo...

— Devo me preocupar?

— Talvez você tenha acabado de ganhar duas asinhas, companheiro — falei sarcasticamente e nós dois caímos no riso.

Depois que declarei minha nova parceria, me pus a analisar as armas da minha avatar e tive curiosidade em testá-las. Comecei por uma chamada "sublimação", a qual fazia o meu corpo tremer e liberar uma fumaça inebriante. Voei refazendo o trajeto superado e rodopiei sozinha na sala de casa, pra que a minha avatar espelhasse o movimento. Assim liberei a tal fumaça, aplicando-a no guarda mais próximo de nós. Ele caiu desmaiado. A grande questão sobre fadas é que muitos poderes envolvem pulinhos e giros... eu deveria ter pensado melhor nisso antes!

Terminei o almoço e entrei novamente no Ânima, dessa vez pra abastecer a despensa. Agora que estava desempregada e sem *nimas*, não daria pra ficar pedindo comida sempre, além de que era bom garantir alguns itens antes do próximo racionamento.

O meio ambiente, tão explorado quanto um trabalhador assalariado, dava mais sinais de colapso, como bem sabemos. Mas, nos últimos meses, a coisa tinha saído do controle. Fora dos bairros ricos, faltava luz, água, comida... Só restava rezar pra não sumir tudo de vez.

A desesperança aumentava no rosto dos meus vizinhos conforme as prateleiras das lojas do bairro da Federação ficavam mais vazias, e nada parecia ser feito pra minimizar os danos. O bairro como um todo estava mais decadente; nem parecia que algum dia havia fervilhado de pessoas indo pros câmpus da UFBA e restaurantes espalhados pela região.

Entrei na loja virtual do mercado do bairro e dei sorte de encontrar alguns alimentos enlatados e não perecíveis. Na situação atual, eram as melhores opções. Alimentos frescos eram artigo de luxo — e, quando tinha, eram tão cheios de veneno que me perguntava se valia a pena o risco. Controle das substâncias usadas nas plantações? Nunca nem ouvimos falar.

Com a escassez, estava claro que a conta ficava mais cara. Vi boa parte do meu dinheiro ir embora — e não pude deixar de lamentar não ter minhas criptomoedas pra pagar as despesas. Ainda tinha alguma grana na poupança, mas a preocupação era real: precisava arrumar um trabalho ou minha situação ficaria irremediável.

Mais um motivo pra eu recuperar o que havia perdido no Ânima.

Assim que as compras foram entregues e eu as guardei, segui o passo a passo pra entrar no fórum de usuários, do jeito que ensinavam no vídeo. Na mensagem de boas-vindas, diziam que esse era um espaço seguro pra expressar opiniões sem medo.

A princípio, me senti meio criminosa, como se estivesse prestes a fazer algo ilegal. Mas o desespero foi maior: eu precisava resolver meu problema de grana o mais rápido possível.

Sem saber muito como mexer nas funções do fórum, fui navegando pelas discussões já abertas e achei um tópico sobre a recuperação das criptomoedas. A mensagem mais recente dizia:

Leornardo_2802: Eu vi as discussões de vocês sobre os bugs no Ânima e fiquei pensando algumas coisas que podem explicar (pelo menos em parte) o que está acontecendo com as nimas. Sigam meu raciocínio: as primeiras notícias que tivemos sobre os problemas do Ânima foram com aquela filmagem do monstro atacando a sede da CW no mundo real. Até aí, poderia ser algum grupo querendo derrubar a empresa. Só que aí as nimas de várias pessoas também desapareceram. No meio disso tudo, uma das criadoras do Ânima ainda some e ninguém sabe o que aconteceu. O ponto a que eu quero chegar é: e se a própria CW lançou esse bug como meio de distração pra que as pessoas não percebam que estão sendo enganadas e usando nossas criptomoedas pra enriquecer ilicitamente? E se Kelly foi sequestrada (ou até pior) por não concordar com os métodos que a empresa estava adotando? Pra mim, está bem clara a correlação entre todos esses eventos.

O texto recebeu várias respostas, a maioria criticando a inocência do usuário de expor de forma tão explícita sua opinião. Outras, acusando-o de espalhar o caos com teorias da conspiração.

Uma das inúmeras respostas saltou aos meus olhos — pelo nome do perfil que postou e por estar toda em letras maiúsculas.

Animalescos: PAREM DE PERDER TEMPO COM BESTEIRAS, SEUS IDIOTAS! NÃO PERCEBEM QUE É ISSO QUE ELES QUEREM? ENQUANTO DISCUTIMOS QUEM TEM RAZÃO OU NÃO, NOSSOS DADOS SÃO ROUBADOS. ELES TÊM A GENTE NA MÃO! ACORDEM!!! QUEREM FAZER REALMENTE A DIFERENÇA? ENTREM NA NOSSA COMUNIDADE E VAMOS GANHAR O TORNEIO! ESQUEÇAM ESSAS NIMAS BESTAS. PODEMOS CONSEGUIR MUITO MAIS!!!

O link pra tal comunidade era o mesmo que eu havia recebido por mensagem mais cedo. Esse grupo ainda me parecia meio exaltado, mas eu estava ficando sem alternativa. A recuperação das *nimas* estava a cada momento mais distante e o Torneio realmente parecia uma boa. Participar com o suporte de um grupo, então, seria melhor ainda.

Não tendo muito a perder, entrei.

O layout da tal comunidade parecia o *feed* de uma rede social qualquer. O ambiente familiar aplacou minha sensação de estar fazendo algo errado. O cadastro era o de sempre: nome, e-mail e senha. Fui relaxando e seguindo o passo a passo. Por último, abriu-se uma janela com uma mensagem de boas-vindas e o aviso de que o acesso seria liberado assim que eu passasse pelo "ritual de iniciação": algumas perguntas simples, só pra identificar possíveis espiões.

Cliquei em aceitar e abriu pra mim uma página parecida com a do cadastro, mas com várias perguntas: o que fazia da vida (doeu dizer que estava desempregada), como achei a plataforma, o que espero encontrar na comunidade e a última, um tanto quanto curiosa: qual a minha opinião sobre o roubo de dados por grandes corporações.

Escrevi uma resposta básica e o menos exaltada possível: disse que era contra, mas que acabávamos ficando reféns dessas empresas, já que dependíamos delas pra muitas coisas. Apertei enviar e apareceu um aviso de que poderia demorar algumas horas até a liberação ou não do acesso.

A resposta foi mais rápida do que eu imaginava: menos de um uma hora depois, recebi um e-mail avisando que meu acesso estava liberado. Assim que entrei, agora como integrante oficial da comunidade, vi que havia notificação de um chat privado: era uma mensagem de Marcos, um dos moderadores, me dando as boas-vindas (de forma bem simpática, diga-se de passagem) e me chamando pra integrar o grupo dele no Torneio.

CAPÍTULO 11 » **NIARA**

Como forma de agradecimento, Amin acabou me levando até o seu abrigo naquela região. Era uma espécie de casebre no meio da floresta. O rapaz fez questão de dividir parte do seu alimento regrado, o que foi uma atitude muito altruísta. Não pude me dar ao luxo de recusar, porque meu contador de vitalidade já estava nas últimas e eu ainda não tinha uma fonte de renda por ali. Entre uma mordida e outra, começamos a trocar uma ideia.

— O que você quis dizer sobre Serravale ser um mundo pros sobreviventes? — acabei perguntando.

— Com as penalidades pra quebra de normas suspensas, cada vez mais os mundos-base estão sendo tomados por hackers. Tem vários manifestos e recrutamentos rolando na internet! E, bom, essa galera rouba acessórios e *nimas* dos outros jogadores... Até algumas horas atrás, este era um dos últimos Universos sem comando. — Ele engoliu em seco.

— Mas e os Universos fechados, Amin?

— Não adianta muito criar um Universo seu se você não tem *nima* o suficiente pra garantir a segurança dele, Sininho. E as senhas deixaram de ser uma barreira pra esses caras!

— Gente, isso aqui virou um caos mesmo. Os donos da CW não fazem nada? — Só metade da indignação dessa frase era verdadeira.

— Há quanto tempo você está conectada, garota? — Amin perguntou, desconfiado.

— Sabe aquele vídeo que viralizou, com aquele polvo tomando a CW? Confesso que isso me despertou interesse no Ânima. Então assumo: sou novata por aqui, mas aprendo rápido.

— Você é mais uma entre os aventureiros que querem a cabeça de Kelly Hashimoto? Tipo, você realmente acredita que a CW vai dar essa grana?

— Bom, não sei se eles vão pagar, mas gosto de desvendar mistérios. E sejamos honestos, as coisas não estão muito melhores fora daqui!

— Você tem razão, os protestos estão ficando cada vez mais intensos lá fora e o Torneio parece ser a única chance da gente sair do buraco ou ter o controle do Ânima, não é? — De alguma forma, essa pergunta me pareceu muito sugestiva. O garoto achou o quê? Que, porque eu derrubei um guarda, eu quero comandar o metaverso? Primeiro eu preciso encontrar minha namorada, depois veremos o que eu faço com isso.

— Você tá querendo dizer que esses dissidentes vão competir no Torneio pra comandar o Ânima?

— Se você controla o caixa dos usuários, com que outro objetivo você disputaria um torneio como esse? — Amin falou, dando de ombros.

— Quem você quer ser por aqui, Amin? — parafraseei a chamada do Ânima, porque eu estava ficando cada vez mais intrigada com esse rapaz.

— Ah, Sininho... Comecei como qualquer outra pessoa que queria apenas uma distração. Mas aí reparei o quanto isso aqui virou um refúgio, sabe? De alguma forma, a dinâmica daqui alivia as tensões do lado de fora. E não é nada fácil ter ascendência iraniana no mundo real. Eu procuro sempre estar atento. — Ele era mesmo muito interessante e me gerava um emaranhado de questões. Como eu gosto de charadas, no fim das contas, formamos uma boa dupla.

— Você precisa de uma mãozinha no Torneio, parceiro? — perguntei, arrancando um riso do rapaz, que até ensaiou uma reverência em seguida.

— É bom começarmos a procurar um *mod*[2] pra você, hein?! São os últimos dias da inscrição.

De qualquer maneira, eu precisava correr se quisesse competir. Existiam algumas regras pra se tornar elegível ao Torneio: encontrar um *mod* raro, não ter sofrido nenhuma falta no último ano e

---

2   Um recurso extra, que funciona como um bônus dentro do metaverso.

ser indicado por algum usuário. Por essa razão, saímos do casebre claustrofóbico e fomos direto em busca de feiras eletrônicas: lojões localizados nos centros urbanos do Ânima, onde era possível comprar armas seminovas, peças eletrônicas e, com sorte, também podiam esconder surpresas entre as quinquilharias. Depois de garimpar três lojas, encontrei a minha semente de erva daninha e Amin conseguiu seus feijões explosivos.

Exausta dessa jornada virtual, me despedi do meu aliado pelo chat e voltei pra sala do meu apartamento em Brotas. Infelizmente, não demorou muito pra que o estresse cotidiano me atropelasse. Um dia de folga na Soluções Tech significava mais de duzentas mensagens no celular.

Rosana estava surtando. Agentes da Receita Federal apareceram lá sem aviso prévio, querendo fuçar as coisas. Não tínhamos pendências com o governo, mas ninguém no escritório parecia saber quais eram as pastas da nuvem que guardavam os documentos importantes. Eu me perguntei como essa galera continuava lá! Pelo menos, os agentes da Receita marcaram um retorno, já que minha chefe fez questão de apontar que a responsável pela base de dados não estava presente (sendo que não existe ninguém no cargo pra isso...). Eu precisava era de um aumento! Aquilo lá era hora de passarem pente-fino no balancete da empresa? O mundo tá ruindo e somos apenas uma startup de design e desenvolvimento de softwares!

Resolvi alongar as minhas pernas de carne e osso andando um pouco pelo bairro. Talvez parar pra comer uma besteira. Caminhei pela avenida Dom João VI, repleta de pontos comerciais e empresariais, mas nada me chamou atenção. Acabei parando na frente de uma banca de revistas chamada Papel & Mais. Kelly estava na capa da maioria dos jornais expostos nas prateleiras. Me aproximei e vi que as manchetes variavam de "Fique milionário e salve o Ânima" pro clichê "Onde está Kelly?".

O homem da banca estava encostado num canto, assistindo a uma edição especial do *Todo Dia* em seu tablet. Nem me ouviu resmungar sobre as capas. Acabei me juntando a ele pra ver o noticiário. Transmitiam imagens, gravadas por um telespectador, do momento exato em que uma bola de píxeis quicava na avenida Jequitaia. As pessoas correndo em desespero... Os olhinhos curiosos da bola amarela girando e observando tudo ao seu redor, enquanto a sua boca se abria numa linha, liberando um estrondo gutural. Aquilo era o Pac-Man ou um Emoji? Em alguns momentos, ele parecia cuspir um líquido multicolorido que derretia as estruturas atingidas.

— Meu Deus, de novo? — eu acabei soltando pro homem da banca, que me encarou igualmente assustado.

CAPÍTULO 12 » VAGNER

Eu não estava mais caindo do céu. Mas isso não queria dizer que estava tudo bem.

Na verdade, eu não fazia a menor ideia de onde me encontrava.

Que lugar era aquele?

Mais parecia os corredores de um castelo medieval, com paredes de pedra, alguns móveis feitos de madeira de lei... e luminárias de LED?

Eu não sentia mais nenhuma dor pelo corpo. Por isso, meu raciocínio estava cem por cento. Assim como minha concentração.

Nem a super nem o Rato-mor estavam mais buzinando em meus ouvidos. O silêncio era total. A sensação era mesmo de abandono. Desta vez, eu estava sozinho, por minha conta e risco, o que não era novidade pra mim, em campo.

A função dos Ratos era de monitorar minha mente e meu corpo, garantir que eu continuasse vivo e inteiro até o fim da missão. De certa maneira, eu confiava mais neles do que na super. Instalada em sua própria sala de controle, com seu assistente, num anexo ao escritório dela, isolava-se do escrutínio e das fofocas dos outros supervisores do Setor 6, tendo apenas que se reportar ao nosso gerente.

Ela comandava uma equipe de cinco agentes dentro do Ânima. Eu era um dos três designados pra participar do Torneio.

— Senhora, me permita perguntar, mas por que mandar a maioria do nosso time pra disputar essas provas?

Quando eu fiz o questionamento, os outros quatro agentes já tinham saído da sala de reunião.

A super ouviu minha dúvida e continuou do jeito que estava. De pé, na extremidade da grande mesa em formato de olho, próxima ao quadro-monitor, mexendo em seu tablet à altura do peito.

— Agente Vargas, os melhores precisam estar onde realmente importa. Boa noite — ela me respondeu, sem tirar os olhos do tablet.

Entendi o recado e engoli minha derrota.

— Boa noite, senhora — eu disse, me levantei da cadeira e saí.

Suas palavras podiam até ser verdadeiras. Mas ela não estava sendo totalmente sincera. Escondia coisas de mim.

Só me restava fazer o mesmo.

Nas minhas andanças pelos corredores do castelo, fiquei besta e aliviado ao encontrar a entrada de um enorme salão. Logo pude notar os computadores antigos, fliperamas e vários tipos de consoles de videogames. Sucessos de décadas anteriores. Nada daquilo fizera parte da minha infância e adolescência. E não pelo fato de ter sido um moleque pobre. Todas aquelas coisas eram peças de museu, do tempo dos dinossauros da informática.

Quando criança, eu arranjava dinheiro pra todos da família comerem. Fazia a minha parte. Mas escondia alguns trocados pra ir jogar em cyber cafés.

No monitor de um dos computadores, vi o reflexo do meu avatar não mais como o playboyzinho Beto Hi-Five. Parecia minha figura real, de jeans e camisa polo em píxeis!

— O que achou dos meus brinquedos, agente Vargas?

Uma voz masculina me surpreendeu.

Virei pra trás, visivelmente assustado. Com certeza, fiz a maior cara de bobo.

No instante seguinte, mudei pra uma postura mais firme. Eu conhecia aquele idiota.

Era um sujeito branco, malhado, com um topete castanho e usando roupa de academia. Teodoro Cardoso Sampaio, programador da CW, conhecido pelos amigos, inimigos e colegas de trabalho como Ted. Ah, e um detalhe importantíssimo: assessor de Brenan Cerqueira.

Pra minha surpresa, seu avatar estava igualzinho a ele na vida real. Ele usava aquela mesma roupa quando eu o abordara, no dia em que nos *conhecemos*.

— Você parou a queda — afirmei.

— Não. Você continua caindo.

— O que significa isso? Esse lugar?

— É um esconderijo meu. Uma brecha no Ânima, criada por mim. Mas não temos muito tempo.

— É parte do nosso acordo.

— Exato. Eu disse que te ajudaria.

— Mesmo com o Ânima zoado.

— Sim. Mesmo com o Ânima instável. Farei o que estiver ao meu alcance.

— Você podia começar parando essa queda.

— Não posso.

— Por que não?

— Ia dar muito na cara. Precisamos ser discretos. E, na verdade, não sei se consigo fazê-lo.

— O quê? Não se esqueça, se algo acontecer comigo dentro do metaverso...

— Eu sei. Você deve ser um ótimo jogador de pôquer, agente Vargas.

— Só jogo buraco mesmo.

— Já ouvi falar nessa modalidade de jogo de cartas.

Ted era um cara bonito. Mas sua falta de expressão o fazia parecer um psicopata. Não o do tipo simpático.

— Se você não pode me ajudar na queda, então quer dizer que estou ferrado?

— Não. O suporte oficial do Ânima vai ajudá-lo.

— E o que a gente tá fazendo aqui então?

— A queda foi uma oportunidade de termos nosso primeiro contato dentro do Ânima.

— Quer dizer que você só vai aparecer quando o bicho estiver pegando?

— Não necessariamente. Aproveito as falhas no Ânima pra agir.

— Você disse que me daria alguma informação extra sobre o paradeiro de Kelly Hashimoto dentro dessa bagaça.

— Tempo encerrado, agente Vargas. Preciso me retirar. E você também.

— Como é? Peraí...

Dessa vez, a transição ficou gravada em minha memória, à medida que o cenário mudava bem na minha frente e as dores voltavam.

Em segundos, senti toda a pressão do ar sobre meu corpo outra vez.

Pra completar minha tragédia, era noite!

Fiquei apavorado.

Eu mal tinha começado aquela missão e o maldito metaverso já estava enchendo demais o meu saco!

O frio apertou.

O céu estava tão escuro. Eu mal conseguia enxergar o que se encontrava lá no alto ou lá embaixo.

De repente, a voz da super estourou nos meus ouvidos:

— *Agente Vargas! Agente Vargas! Está me escutando?... Sei que não pode responder, mas saiba que estamos trabalhando junto com o pessoal da CW pra sanar essa instabilidade no* Ânima. — Se eu pudesse falar, diria: "Andem logo com isso, seus merdas!" — *Perdemos a comunicação com você por treze minutos.*

Minha mente estava estressada. Comecei a sentir uma forte dor de cabeça. Minha visão ficou turva.

Não demorou muito, apaguei.

CAPÍTULO 13 » NIARA

— Quanto tempo ainda? — ela perguntou, impaciente. Os olhos afunilados até se abriram mais, revelando a íris negra.

— Como assim, Kel? — perguntei.

— Você poderia me encontrar de uma vez, né, Nia? — ela falou, como se fosse óbvio demais.

— Mas não é isso que venho tentando fazer desde que você sumiu? — questionei, magoada.

Ela revirou os olhos e virou as costas pra mim, abrindo uma porta branca e batendo-a atrás de si com violência.

— Não é justo você me tratar assim!

Dei dois passos e deslizei a mão sobre a maçaneta metálica pra abrir a porta. Mas aquela porta levou à outra, que levou à outra, fazendo surgir uma sequência de outras portas brancas e assustadoras. Kelly não estava atrás de nenhuma delas. Quando me cansei de abri-las, ouvi sua voz ecoar atrás de mim.

— Você deveria aproveitar o Ânima e deixar pra lá esses cálculos irritantes! — ela falou, agora com um sorriso sarcástico. O cabelo negro ondulado, na altura do queixo, tremulava. Do mesmo jeito que ela fazia quando eu levava alguma pendência do trabalho pra sua casa.

Um som estridente ressoou ao fundo. Foi se aproximando, até tomar conta de toda minha audição. Apertei os olhos, pra depois abri-los. O coração estava na boca. A primeira coisa que vi foi o despertador, marcando sete horas da manhã. Desliguei o troço, resmungando e me dando conta sobre *aquele sonho bizarro*.

Me esforcei pra sair da cama e me arrastei até o banheiro. Eu tinha alguns dragões pra enfrentar na Soluções Tech naquele dia. Comi uma torrada com geleia e notei como o orçamento estava ficando cada vez mais apertado. O preço das coisas só aumentava e a cada mês a comida diminuía! A insatisfação com o café racionado me fez embarcar na moto com um pouco mais de pressa e atravessar a Paralela voando até o Parque Tecnológico da Bahia, onde ficava meu trabalho.

Chegando lá, atravessei a saleta onde eu e meus três parceiros passávamos o dia aprimorando sistemas operacionais, ou pior, resolvendo os problemas de grandes empresas. Fui direto pro escritório de Rosana, na sala reservada ao fundo.

— Rosana, como é isso de eu ser *a encarregada* por organizar o banco de dados? — falei enquanto entrava, sem esconder a minha irritação.

— Bom dia pra você também, Niara! Fico reconfortada que você se preocupe com o meu bem-estar... — ela respondeu ironicamente.

— Mais de duzentas mensagens, Rô! É pra lascar qualquer um... mas bom dia — falei, me acomodando na cadeira em frente à mesa dela. Pra todos os efeitos, eu tinha passado mal no dia anterior e qualquer um há de concordar comigo que esse tanto de mensagem era ultrapassar todos os limites.

— O que eu posso fazer se você é *a única* que sabe onde as coisas ficam por aqui?— ela falou entre suspiros. — Já lido com os contratos dos clientes e o agendamento dos serviços. Não tenho como dar conta da contabilidade também. A gente precisa organizar melhor essa empresa.

— Olha, talvez precisemos contratar um contador. O volume de trabalho deixa esses caras meio doidos, você sabe... e eu não tenho nem cabeça pra ser babá de ninguém. — Somos apenas quatro técnicos e uma advogada nessa startup. Todo ano a gente passa sufoco procurando o balancete.

— Você ainda sente falta dela, né, Nia? — Rosana perguntou com um olhar de pena.

— Todos os dias, Rô — assumi.

— Tudo bem, eu acho que um contador é um investimento razoável — ela ponderou. Eu odiava essa compaixão compulsória das pessoas, mas naquele momento veio total a calhar. A gente não tinha como acumular tanto serviço. — Mas trate de achar esses arquivos, ou a Receita vai fazer a gente fechar as portas! — Rosana alertou, me despachando.

Fui pra minha baia e comecei a vasculhar as pastas atrás do bendito balancete contendo todos os nossos gastos e investimentos, além dos relatórios com os alvarás anexados. Enquanto isso, não pude deixar de pensar o quão fora de época foi essa auditoria fiscal. Os caras conseguiram escolher o pior momento do ano pra isso!

Perdi umas duas horas organizando as pastas, tendo que checar as compartilhadas com os rapazes. Mas valeu o esforço. Encontrei o que eu buscava. Enviei tudo por e-mail pra Rosana e resolvi fazer um intervalo mais do que merecido.

Peguei a moto e fui numa loja de conveniências das redondezas. Lá, peguei uma latinha de suco no refrigerador e analisei a gôndola de salgadinhos, procurando algo capaz de me segurar até o fim do turno e que não custasse um rim. Notei uns adolescentes conversando com empolgação no caixa.

— Cara, você precisa entrar no meu acampamento! Eles fazem treinamentos toda semana e bonificam os usuários que se destacam — falou o mais baixinho e de boné.

— Ah, sei não, Rogerinho. Isso tem a maior cara de cilada! E se a gente ganha o Torneio e depois eles roubam nossas *nimas*?

— Cê não ia competir de todo jeito, cabeção? Pelo menos no acampamento a gente aprimora nossas técnicas... Sem contar que o Torneio é individual. Seu nome é que vai pro quadro de pontuação, não o deles! Se ganharmos, a gente recorre.

— Espero que o Ânima já esteja ajustado até lá! — o desconfiado falou. Acabou comprando o cartão dele.

O grupo saiu da loja.

Escolhi meu salgadinho e rumei pro caixa. O atendente registrou as minhas compras entre tossidas carregadas.

— Tá rolando uns surtos de gripe, né? — perguntei, tentando ser simpática.

— O ar é que anda mais tóxico, moça! — o atendente respondeu e não pude discordar.

Fazia um tempo que a prefeitura nem se preocupava mais em arborizar a cidade. A Paralela estava um verdadeiro deserto, com canteiros cheios de areia. Sem contar as indústrias, que recebiam todo tipo de flexibilização pro cumprimento das exigências ambientais. E a Receita ainda queria dar uma de atuante pra cima da Soluções Tech! Sério, não me conformava.

Entre um resmungo e outro, encarei o expositor aramado com as cartelas do Ânima penduradas. Eram cartões pra inscrição no Torneio. Lembrei do quão realista tinha sido ver Kelly no meu sonho falando "você deveria aproveitar o *Ânima* e deixar pra lá esses cálculos irritantes!".

No impulso, peguei uma cartela e pedi pro rapaz registrar. Talvez eu ainda não tivesse ousado o suficiente na minha caça à princesa. O atendente me entregou a sacola com as compras entre mais tossidas. Eu com certeza ia higienizar tudo aquilo antes de comer...

CAPÍTULO 14 » LIA

Faltando pouco tempo pro início do Torneio, acertávamos os últimos detalhes da nossa estratégia. O grupo coordenado por Marcos — e do qual agora eu fazia parte — era um dos vários braços dos Animalescos pra dominar a competição no Ânima. O lema deles era dividir pra conquistar, mas sem que nenhuma pessoa precisasse agir sozinha; todos teriam apoio pra passar pelas provas.

E eu precisava dessa vitória pra ter algum sossego financeiro. Eu *merecia* isso.

A reunião de que eu participava acontecia no próprio Ânima, em uma espécie de salão dos Animalescos. No centro do recinto, havia uma mesa oval de madeira com oito lugares, mas apenas cinco deles ocupados. Por todas as quatro paredes, quadros com o logo do grupo — uma cobra enroscada em uma coruja — e frases impactantes, a maioria delas contra o roubo de dados e o controle das grandes corporações.

Eu ainda achava estranho ambientes como esse dentro do próprio Ânima, mas Marcos dizia não estar infringindo nenhuma lei; era apenas a liberdade de expressão do grupo.

— Mas não vejo como essa estratégia possa ser eficaz. O metaverso tá cheio de bug, cara. Quem garante que essa competição será justa? — questionou Douglas, um rapaz branco e franzino de vinte e poucos anos.

— Você é a joia desse grupo, meu caro. Se tem alguém que pode garantir que tudo vai dar certo, esse alguém é você, Doug.

— Em condições normais, tudo bem, Marcos. Mas o Ânima tá fora de controle. Não sei até que ponto meus conhecimentos de programação vão surtir qualquer efeito.

— Vamos lidar com os problemas assim que eles aparecerem, certo? Nada de agonia — respondeu Marcos, olhando cada um de nós e sorrindo de forma confiante e confortadora.

Além de mim, de Marcos e de Douglas, também estavam na reunião os irmãos Sofia e Solano, que mal falaram e, quando o fizeram, se comunicaram por monossílabos. Apesar da pouca interação deles, percebi Sofia me olhando de relance em alguns momentos.

Não ficou claro qual era a função deles no grupo. Pra falar a verdade, nem o meu papel me parecia claro.

Quando fui aceita na comunidade dos Animalescos e Marcos foi falar comigo, achei que fosse apenas cortesia padrão pra novos integrantes. Minha intenção era só acompanhar algumas discussões e pegar dicas pra ter alguma chance de ganhar o prêmio do Torneio. Mas, papo vai, papo vem, ele me convenceu a integrar o grupo, dizendo que um novo olhar era sempre bem-vindo em competições como essa.

Marcos: Não se preocupe com os pré-requisitos pra participar do Torneio. Nós podemos dar um jeito de arrumar pra você. O importante é conseguir toda a ajuda que pudermos.

Lia F.: E como sabe que não sou uma espiã querendo tirar vantagem do grupo?

Marcos: Todo mundo sempre quer tirar alguma vantagem, isso não é necessariamente uma coisa ruim. Quanto ao resto, só posso confiar nos meus instintos (e nas informações que tenho) pra saber as intenções de cada pessoa.

Lia F.: Achei que vocês fossem contra a coleta de dados sem o consentimento do usuário.

Marcos: Não precisamos de dados ou algoritmos pra conhecermos alguém. Temos muitas outras formas de fazer isso.

Lia F.: E como seria?

Marcos: Nada com que você tenha que se preocupar. Colando com a gente, você estará segura, fique tranquila.

Fiquei tudo, menos tranquila. Eu não precisava me meter em alguma confusão. Minha vida já estava conturbada o suficiente.

Marcos: Olha, não precisa decidir nada agora, tá bom? Você pode perfeitamente pegar umas dicas nos nossos fóruns e participar do Tor-

neio por conta própria. Nós somos a favor da liberdade. Mas, se não for pedir muito, apareça na nossa reunião antes de se decidir.

E, depois de um tempo de reunião, minhas dúvidas foram sumindo. De fato, não tinha acontecido nada de extraordinário ou ameaçador. Todos pareciam... comuns.

Mas uma coisa não saía da minha cabeça. Nesse mesmo dia da conversa com Marcos, aconteceu algo muito estranho aqui em casa. Eu estava assistindo TV quando ouvi um barulho vindo da área de serviço. A princípio, ignorei, pois parecia apenas algum passarinho se chocando com o vidro da janela. Só que o barulho não parou e, quando fui ver o que era, tinha mesmo um bicho se batendo. Não seria nada de mais, se não fosse o fato de que aquele bicho não era de verdade. Ele tinha o formato de um pássaro, com asas, bico e tudo o mais, porém, no lugar das penas, ele tinha o que pareciam escamas de metal. Mas o que mais me intrigou foram seus olhos: no lugar das íris, tinha duas luzes vermelhas piscando. Fiquei sem saber o que fazer e, por um instante, senti como se aquela coisa pudesse ler todos os meus pensamentos, de tão intenso era o olhar.

Da mesma forma que o bicho apareceu, ele sumiu, como se tivesse sido tragado pra outra dimensão. Ainda fiquei um bom tempo parada, olhando fixo pra onde a criatura apareceu, como se esperasse que ela voltasse. Mas nada aconteceu.

— E aí, Lia, o que você acha disso tudo?

Voltei à realidade quando Marcos chamou meu nome na reunião dos Animalescos. Mas, antes que eu pudesse responder qualquer coisa, um homem caiu desacordado bem em cima da mesa oval.

Assim que abri os olhos, um grupo de caras assustadas olhava pra mim.

Por um instante, cheguei a pensar que estava fora do Ânima. E que quem me encarava eram Ratos. Mas não reconheci nenhuma daquelas pessoas. Pessoas, não. Avatares.

Deu um frio na barriga quando percebi que estava cercado por um bando de desconhecidos.

Senti uma pontada na cabeça, mas nada além disso, nada no resto do corpo. Então me lembrei da queda. O que tinha acontecido depois que eu desmaiara? Alguém do laboratório estava acompanhando o que rolava? Onde estava a super?

Mas só houve silêncio da parte deles. Me encontrava sozinho mais uma vez.

Eu não estava gostando daquilo nem um pouco.

Saí de uma enrascada pra cair em outra, era o que parecia. Merda. O maldito Ânima não parava de aprontar comigo.

— Quem é você, cara? — disse o avatar de um sujeito loiro e mal-encarado, vestido todo de preto. Acima de sua cabeça não tinha nenhum *nick*!

— O nome dele é Beto Hi-Five, Doug, não tá vendo?

O que significava que meu *nick* estava visível. Mas os outros não.

Olhei pro lado, pra a dona da voz suave. Eu era muito bom em identificar mentirosos. Gente igual a mim. E aquela menina de cabelos castanhos e olhar frágil não era exatamente o que estava demonstrando, mesmo num ambiente virtual.

— Você falou meu nome na frente desse intruso! — O tal Doug partiu pra cima da menina. — Ela vai estragar tudo! — O esquentadinho se virou pra um sujeito de cabelo preto, mais distante.

— Mantenha a calma... Não é pra tanto, meu amigo — disse o sujeito.

Doug não respondeu, ficou com a cara amarrada, bufando e olhando pro vazio.

Eu não entendia o motivo do estresse do infeliz. Afinal, Doug não era seu nome verdadeiro. Ou era?

Um homem e uma mulher, ambos ruivos e malhados, ficaram no caminho entre ele e a menina, impedindo seu avanço.

— Eu sei ler, novata! — o idiota esbravejou. — Quero saber quem ele é de verdade!

Eu ainda estava deitado no que percebi ser uma larga mesa de madeira. Por isso não consegui ver direito o sujeito mais afastado.

Quem era aquele povo? O radar na minha cabeça de agente girava, em alerta.

Ninguém ali tinha um avatar super elaborado ou bizarro demais. Deveriam ser reproduções fiéis ou muito próximas de suas versões na vida real.

Aquela falta de graça em cada píxel à minha volta era mais comum do que se imaginava no Ânima.

Tinha gente que entrava no metaverso pra viver seguindo suas próprias regras. Uma maneira de mostrar o dedo médio pra namorados, maridos, esposas, família, vizinhos, chefe, políticos, a sociedade inteira. A vontade de ser tirano do seu próprio mundinho. E, muitas vezes, a cereja do bolo estava justamente em tornar rei ou rainha uma cópia fiel de si mesmo.

No meu caso, tinha de voltar à missão que nem começara direito. E eu já tinha gastado tanta energia e paciência.

Que proveito eu podia tirar daquela nova adversidade?

Minha intuição dizia que aquele grupo podia ser tosco, mas eles não estavam brincando de casinha naquele cenário que mais parecia um clube privado esquisito. Talvez até um lugar secreto, fora do monitoramento da CW.

A questão era saber se eu deveria rir deles ou levá-los a sério.

Resolvi incorporar meu personagem.

— Peraí, galera! Eu tô tão confuso quanto vocês! — Consegui erguer o corpo e ficar sentado na mesa, gesticulando enquanto falava.

— Entrei no Ânima pra participar do Torneio. Era pra eu cair direto na Arena de Partida. Não sei o que aconteceu.

Meus superiores tinham decidido que Beto Hi-Five seria um cara descolado, a simpatia encarnada. Eu explicara a eles que esse tipo de gente não passava confiança. Dava a maior pinta de ser uma figura enrolada, um malandro. O que poderia se tornar um problema caso eu precisasse manter contato com alguém, precisasse de informações ou do auxílio de algum civil dentro do metaverso. Minha opinião fora ignorada. E agora a merda estava feita. Só me restava seguir o roteiro. A aparência do meu avatar demonstrava descontração. Qualquer atitude fora dessa caixinha seria ainda mais suspeita.

— Beto, meu caro, aposto que você é um *noob*. Estou certo? — O tal sujeito distante se aproximava de todos.

Agora eu podia vê-lo por completo. Aquele era outro mentiroso, sonso, cheio de um carisma ardiloso. Sem dúvida, consideravam-no como o líder do grupo, mesmo que não fosse unânime.

— Sim, sim! — eu disse.

Dar uma de bobo também fazia parte da minha encenação.

— Deve ser mais um atrás de Kelly Hashimoto — disse o ruivo malhado.

— Com certeza. Quem quer perder a chance de levar a grana toda que estão prometendo? — Pulei de cima da mesa, aterrissando perto da menina de cabelos castanhos. Ela levou um susto. — Foi mal — completei.

Ela só ficou olhando pra mim.

— Também entramos nessa. Mas vamos agir como um grupo. — O líder passou entre os demais e se aproximou. — Assim teremos melhor possibilidade de êxito. A ideia é dividir o prêmio entre nós.

— Massa pra vocês, mas vou disputar sozinho mesmo. Só quero chegar na Arena — eu disse. Contrariá-lo seria uma provocação pra que me contasse mais, mesmo que fossem mentiras.

O líder segurou o passo.

— O Ânima está na pior — disse o ruivo malhado. — Precisamos aproveitar essa oportunidade pra faturar. E juntos somos mais fortes.

— Você deve se juntar a nós, meu caro Beto — soltou o líder, pra espanto de todos, inclusive meu.

Cada vez mais eu estava convencido de que caíra no meio de uma célula terrorista.

— Não sei, não. — Minha conversão pra causa deles seria conveniente naquele momento, mas eu não podia facilitar, ainda mais se estivessem armando uma cilada.

— Se ficar com a gente, você não tem nada a perder e tudo a ganhar — disse o líder, sorridente.

— Mas você tem que mostrar alguma habilidade pra participar de nosso grupo. — A menina de cabelos castanhos tinha se pronunciado com tamanha firmeza que se tornou o centro das atenções.

Porém, em seguida, sua reação foi encolher-se.

— De fato. Nossa amiga está certa — disse o líder.

— Deixa eu ver... Sou bom com charadas. Em saber a resposta de adivinhações.

— Não me diga, olha só. — Doug deu o ar da graça, me encarando, zombeteiro.

— Isso é legal. Pode ser muito útil no Torneio. A propósito, me chamo Solano e essa é minha irmã, Sofia — animou-se o ruivo malhado. — Mas pode chamar a gente de Sol e Sof.

Balancei a cabeça e sorri, seguindo o entusiasmo dele.

A ruiva malhada me encarou, séria, mas sem nenhum tom de ameaça.

Tentei melhorar as coisas sorrindo pra ela, sem sucesso.

— Acho que precisamos de um teste pra saber o quanto você é bom. — Doug andava em círculo, fazendo com que todos torcessem um pouco o corpo pra acompanhá-lo. — Afinal, até a novata mostrou sua utilidade pra nós.

Olhei pra menina de cabelos castanhos. Ela deu um sorriso sem graça.

Voltei pra Doug.

— Entendi. Beleza. Pode mandar. Quero uma difícil. Vou responder em trinta segundos.

Todos abriram espaço, como se eu e Doug fôssemos nos desafiar num duelo de faroeste.

— Vamos fazer melhor. Que tal você responder a cinco adivinhações em trinta segundos? — Doug disse, com a cara apertada, cheio de malícia, mal contendo a alegria.

— O quê? — Sol se manifestou. — Aí você tá pegando pesado, D.

O líder e a menina de cabelos castanhos não disseram nada.

Olhei bem pra cara daquele desgraçado do Doug e dei uma de idiota feliz.

— Demorooou — eu disse, levantando os braços e fazendo o sinal de legal com as mãos.

Minha reação o deixou irritado.

— Vamos cronometrar o tempo — o líder se pronunciou.

Ele fez um gesto, como se tirasse algo do peito, em direção à parede. Um facho de luz branco rasgou o ar, fazendo um som ameno, um *clic* suave.

Agora todos visualizavam um enorme relógio digital, zerado.

— O relógio só vai avançar nos momentos em que Beto tiver que dar suas respostas — o líder anunciou.

— Muito bem — Doug quase gritou.

Todas as atenções se voltaram pra ele.

O infeliz fechou os olhos e respirou fundo, como se estivesse meditando. Patético.

— Pronto, novato?

— Manda.

— O que é feito pra andar e não anda?

Desta vez, todos se voltaram pra mim.

Fiquei encarando o imbecil de olhos fechados, como se não tivesse mais ninguém no recinto.

— Rua.

Doug apertou a mandíbula.

— Correto.

Olhei o relógio. Gastei seis segundos.

— O que é que quanto mais rugas tem, mais novo é?

Silêncio total.

— Pneu.

Doug respirou fundo.

— Correto.

Sol se voltou pra mim, ergueu o punho e pronunciou um *uhu* silencioso.

Foram-se onze segundos.

— Vamos pra a terceira charada então — Doug disse, exaltado. — O que é que quanto mais se tira, mais se aumenta?

— Buraco.

De repente, Doug abriu os olhos e me encarou de um jeito maníaco.

— A próxima. O que todos os meses têm, menos o mês de abril?

Olhei pro relógio em disparada. Quinze, dezesseis, dezessete segundos...

— A letra O.

A plateia se agitou. Sol mais animado, o líder e a menina de cabelos castanhos mais discretos e Sof, indiferente.

Eu tinha doze segundos pra responder a última adivinhação. Ver a cara irritada de Doug me dava a maior confiança.

— A última charada. — E, nesse momento, o semblante agitado de Doug mudou pra uma tranquilidade sombria. — O que é que tem pescoço e não tem cabeça, tem braços e não tem mãos, tem corpo e não tem pernas?

O relógio voltou a disparar.

O velho Clodô me ensinara tanto, nem sempre coisas de que me orgulhasse. Mas ele tentava me manter vivo e atento pras dificuldades da vida. Outra de suas obsessões eram palavras cruzadas, adivinhações e enigmas. Ele ficava enchendo meu saco, obrigando-me a responder a um monte de perguntas sem pé nem cabeça.

Faltavam sete segundos pro tempo acabar.

Do que aquele sujeito estava falando? Que bicho era aquele?

Ver a cara de satisfação de Doug era revoltante.

A menina de cabelos castanhos era quem mais estava perto de mim. Olhava pro chão. Pra minha surpresa, ela discretamente apontou pra roupa dela, de uma maneira que ninguém visse.

Não acreditei no que estava acontecendo, mas fiquei tão feliz!

Faltavam dois segundos.

Fiz questão de olhar bem na cara daquele merda do Doug.

— Camisa.

CAPÍTULO 16 » NIARA

Depois de um longo dia de trabalho, qualquer um tomaria um banho relaxante e iria descansar, não é mesmo? Mas, por aqui, o mais relaxante que fiz foi arremessar os sapatos pra bem longe assim que atravessei a porta de casa.

Hoje era o dia da cerimônia de abertura do Torneio e eu precisava terminar de configurar a minha avatar antes de competir. Rasguei o papelão apressada e retirei o cartão magnético dourado do seu interior. Inseri o cartão no pequeno modem e, enquanto o Ânima inicializava, confirmei com Amin se ele havia me indicado pro Torneio. Tudo feito, pus os óculos de imersão, masquei os chicletes de sensibilidade e agarrei os controles com sensor de movimentos determinada.

O metaverso inicializou com uma interface diferente: o nome "Ânima" estava multicolorido, e suas letras piscavam e mudavam de cor. Na sequência, fui conduzida pra uma espécie de galeria, com abóbadas e pilares, além de um chão de mármore. Tudo enfeitado com cortinas de veludo vermelhas e voluptuosas.

— *Bem-vinda à sala de espera do Torneio, Sininho. Aqui, você pode escolher ferramentas extras e mudar a sua aparência antes das provas começarem!* — a voz eletrônica disse.

Eu tinha a opção de escolher uma roupa de gala ou tentar replicar o que eu estava vestindo na vida real. Decidi manter minha avatar com a calça jogger e a jaquetinha corta-vento verde-musgo. Chamar atenção não era uma de minhas prioridades, ainda que as asas saindo das costas da minha avatar não fossem lá tão discretas.

— Ânima, gostaria de revisar minhas armas, por favor — falei.

— *É claro, Sininho. Lembre-se que você pode escolher apenas uma arma secreta para levar nas provas, OK?*

Uma janela com um arsenal feérico não muito extenso tomou conta da tela. Eu podia cadastrar meu cartão de crédito na loja virtual e desbloquear armas novas. De uma forma ou de outra, a vida sempre nos colocava diante dessas escolhas que nos faziam sentir grandessíssimos trouxas. Evitando a tortura de ser marinheira de primeira viagem, resolvi que me equipar era mais inteligente. Então, sim, cadastrei meu cartão e não hesitei em comprar um dispositivo de propulsão. Afinal, sabe-se lá o que me aguardava nesse Torneio.

No canto inferior direito da tela havia um cronômetro em contagem regressiva pra cerimônia de abertura. Tudo organizado pra nos sentirmos como numa coxia, prestes a entrar num grande show. A CW projetou esse evento como um espetáculo: boa parte do Torneio era televisionada e transmitida ao vivo em horário nobre, na TV e na internet. As pessoas organizavam torcidas, os jogadores viravam celebridades... As cidades paravam pra acompanhar!

Ainda faltavam alguns minutos até eu ser transferida pra Arena, então aproveitei pra ir até a cozinha pegar um copo de água. De lá, pude ouvir um ruído intermitente vindo do equipamento do Ânima, o que me fez retornar pra sala correndo. Assim, verifiquei que a tela da minha TV tinha sido invadida por vários pop-ups que ora distorciam, ora ficavam nítidos, o que me deixou ainda mais intrigada. Uma mensagem começou a aparecer gradativamente no pop-up centralizado na tela: "Nia, esta é uma brecha do sistema e, como você deve saber, eu estou escondida dentro e fora do Ânima. Se você me encontrar aqui dentro, receberá as pistas pra me encontrar também fora daqui. Espero que você decodifique essa janela de transmissão e entre em contato. Saudades, minha flor! Te espero."

A mensagem permaneceu na tela por mais dois minutos, depois duas sequências de *prompts* piscaram em um pop-up. Eu corri pra anotá-los num papel. Não demorou pra que todas as janelas evaporassem e a TV voltasse a transmitir a imagem da minha avatar na sala de espera. Foi como se tudo não passasse de uma mera ilusão.

Estou ficando louca?, pensei. O relógio marcava apenas quinze minutos pro início do Torneio. Meu coração acelerou como se eu estivesse à beira da morte. Tive vontade de gritar, de correr, de chorar, de bater em alguém... tudo de uma só vez. Minha mente agora estava focada em decodificar o maldito *prompt* pra entrar em contato com Kel. Pra piorar, só me restavam mais doze minutos pra fazer isso, esfriar a cabeça e voltar pro Ânima.

Espelhei a tela do laptop na TV, pra que eu pudesse ampliar meu quadro de bordo e comecei a rabiscar com a caneta eletrônica, cruzando as sequências que encontrei no apartamento dela com essas transmitidas através dos pop-ups. Eu lia, copiava e tentava achar um padrão. Dez minutos pro início do Torneio. Formei novas sequências com os códigos e tentei preencher a lacuna faltante pro canal. Oito minutos. Acho que encontrei o padrão. Seis minutos. Talvez se eu invertesse o novo código, eu encontraria a lacuna... Deu certo! Quatro minutos. Escrevi uma mensagem pra Kel: "Você me deve muitas respostas, mas antes delas quero dizer que vou concorrer no Torneio e espero te encontrar nele. Por favor, me confirma se eu acertei o canal?". Mensagem enviada. Dois minutos. Fechei o laptop. Respirei fundo. Peguei o copo d'água na mesinha e tomei o maior gole da minha vida.

O alerta do Ânima informando *"O Torneio vai começar!"* piscou multicolorido na TV.

Então fui transportada pra Arena, que mais parecia um estádio de futebol com placas de LED distribuídas por toda sua extensão. Entre os anúncios dos patrocinadores, as arquibancadas e os camarotes estavam lotados com outros *players*. O Torneio era a menina dos olhos da CW, então eles não poupavam toda e qualquer oportunidade de lucro.

Logo na entrada, fomos solicitados a escolher uma bola: branca, preta ou amarela. Escolhi a preta e fui bipada por uma espécie de laser, que registrava a minha escolha.

Não demorou muito, Amin respondeu meu chat, dizendo que estava me vendo na cerimônia. Nos encontramos no meio da multidão.

— Ansiosa, Sininho? — ele perguntou. Seus cachos negros pareciam ainda mais brilhantes naquela noite.

— Você nem imagina o quanto!

No centro havia também um palco com vários holofotes grandes, iluminando tudo. O apresentador entrou sorridente e pomposo: um homem branco com um topete verde-neon, usando uma camiseta rosa por dentro de um macacão metalizado.

— Olá, *players*! Me chamo Juca Wilson e esta noite serei o apresentador da quinta edição da versão brasileira do Torneio Ânima. Iremos sortear ao vivo as equipes e conhecer seus Universos. Vocês estão preparados?

Um telão logo atrás de Juca Wilson ganhou destaque, apresentando um pouco dos Universos onde poderíamos competir: Aerosfilia, Terraria, Flâmula e Acquila. Universos feitos à base de ar, terra, fogo e água, respectivamente. O vídeo mostrava algumas belezas e perigos desses lugares, quase como uma propaganda de turismo. Isso incluía o típico *merchan* dos patrocinadores. Tudo parecia mágico, incrível e sedutor... Mas eu pularia toda essa introdução. Estava ansiosa demais pra competir. Amin tentou me distrair comentando que gostaria de ir pra Terraria, porque parecia um dos Universos mais tranquilos. Não foi tão eficaz... Eu não criei preferências até aquele momento.

Depois de todo o sensacionalismo e propaganda, o animadíssimo apresentador recebeu no palco uma urna transparente com bolas douradas em seu interior. Era chegada a hora do sorteio. Sua dinâmica consistia em anunciar um Universo, pra na sequência retirar uma bola, mirar luz negra sobre ela e a cor que brilhasse definiria os escalados. A bola deveria casar com a que escolhemos na entrada. Assim se formariam equipes, com seis participantes, pra cada um dos quatro Universos.

Terraria foi o primeiro a ser anunciado. Era interessante observar a empolgação das pessoas. Havia um casal de ruivos. Pela semelhança, deveriam ser irmãos. Pareciam em êxtase com todo aquele show. O rapaz, um tal de Sol, foi selecionado. Sua suposta irmã, ao final do sorteio, não se juntou a ele. Isso foi o suficiente pra arrasá-los. Dei boas risadas pensando como eles não cogitaram essa possibilidade... Os avatares da dupla se mantiveram inquietos por algum tempo.

Um tal de M foi pra mesma equipe.

Por sinal, algo me dizia que eu tinha de ficar de olhos bem abertos com aquele dali. O sorrisinho cheio de si e a postura de líder me chamou a atenção. Com certeza era do tipo que tinha seu próprio acampamento e um provável finalista. Mais três moças foram selecionadas, sendo Amin o último a compor a equipe. O sortudo! Fiquei feliz por ele... Sem contar que, bom, poderíamos trocar experiências no futuro.

Nessa hora, a única parte que verdadeiramente me entreteve foi assistir aos avatares girando e trocando de roupa, quase de maneira automática, pra um collant na cor verde. Os trajes de competição pareciam roupas de mergulho. Eu achava esses acessórios divertidos, confesso!

Chegou a vez de Aerosfilia. Logo de cara Juca Wilson anunciou o meu nome no microfone, todo entusiasmado. Sininho deu um giro e apareceu com seu collant azul. Advinha quem foi a segunda pessoa selecionada? Isso mesmo: Sof, a ruiva recém-separada do irmão. Talvez eu devesse consolá-la? Não sei, mas tentei ser cortês e ofereci um aperto de mão. Depois dela veio um rapaz, meio desajeitado, mas também muito bem-vestido. O fato de ele ser negro gerou uma empatia natural da minha parte, mas esse nome... Beto Hi-Five? Ou ele é um *noob* de meia-idade, ou uma criança com um humor bem duvidoso. Aposto na primeira opção.

Depois um tal de Doug foi escolhido. Todo metido a engraçadinho. Pelo nível da piada que soltou, via-se que manjava bastante de programação. Fiquei na dúvida se devia me preocupar... Na sequência, uma moça reservada demais e de cabelos castanhos chamada Lia entrou pra equipe. E, por último, um rapaz branco com uma pose bem durona, mas também de poucas palavras chamado Alex. Seu avatar parecia um ciborgue: usava uns óculos infravermelhos, tinha o peitoral coberto por um escudo platinado e garras metálicas saltando de uma das mãos. Fora os apetrechos tecnológicos substituindo partes do corpo. Esperava não encarar muitos lobos em pele de cordeiro.

CAPÍTULO 17 » VAGNER

Tudo aconteceu muito rápido. Num estalar de dedos, eu e o resto do grupo estávamos no centro da Arena do Torneio. Obra de Doug, como o líder deixara bem claro, com elogios e agradecimentos.

O *nick* do líder acabou aparecendo sobre sua cabeça. Apenas a letra M. O cara realmente gostava de ficar nas sombras.

Os *nicks* dos outros membros do grupo também pipocaram.

Então quer dizer que a menina de cabelo castanho se chama Lia, disse a mim mesmo. *Pelo menos no* Ânima.

— *Agente Vargas, você está me ouvindo? Responda, agente Vargas...*

Não demorou nada pra eu ouvir a voz da super.

Nunca fiquei tão feliz em ouvir a voz dela. Era algo familiar, reconhecível em toda aquela maluquice.

Tossi e disse:

— Sim.

— *O que houve? Perdemos o contato com você por vinte e dois minutos. O que andou aprontando?*

Já não estava mais gostando de ouvi-la.

Outra tosse.

— Nada.

— *Por que está tossindo tanto? Você está deixando os Ra... o pessoal do laboratório nervoso.*

Discretamente, baixei a cabeça, juntei os braços à frente do corpo e fiz um sinal, batendo os dedos de uma mão contra os da outra, em formato de X, três vezes.

— *Versão Delta* — a super disse.

Silêncio.

— *Entendido. Prossiga.*

A Versão Delta era uma linguagem corporal desenvolvida por técnicos do Campo pra comunicação entre agentes em momentos de estratégia ou de aperto.

Já era previsto que utilizaríamos a Versão Delta no Ânima. Mas me senti meio estranho. Aquela foi a primeira vez que lancei mão de nossa linguagem secreta em realidade virtual.

A Arena girava na minha cabeça, cheia de avatares nas arquibancadas, luzes, cores, propagandas e barulho.

Olhei pra todos os lados, tentando mostrar a cara mais idiota possível do meu avatar, de quem estava deslumbrado com tudo aquilo. Pra meu alívio, havia na Arena outros avatares tão perdidos quanto eu.

Tentei identificar se outros agentes também estavam por ali. Acabei desistindo. Era muita informação visual e sonora.

Mesmo não reconhecendo os rostos, eu sabia que também estavam ao redor avatares de celebridades do streaming, de influencers em busca de holofotes e de ex-vencedores do Torneio almejando mais um título.

Passei a executar gestos como se estivesse apertando e esticando mãos, braços e o resto do corpo, o aquecimento pra algum exercício físico. Tudo bem que não fazia muito sentido. Mas acontece que tinha muito competidor que estava no mundo real, em suas salas, quartos, escritórios, de pé, sentado numa cadeira, numa poltrona, ou até mesmo deitado no sofá, na cama.

— Ficou maluco, Betão?

Virei-me pro lado e percebi o grandalhão ruivo do Sol rindo da minha cara.

Disfarcei ligeiro. Fiz um teatrinho.

— Tô ficando com sono. Cadê a ação? — eu disse, abrindo a boca e os braços.

— *Alerta amarelo. Situação envolvendo terroristas. Entendido. Prossiga acompanhamento, agente Vargas.*

Levantei o polegar pra mim mesmo.

— Relaxe. O apresentador já vai sortear as equipes — Sol tentou me explicar.

Na verdade, eu sabia como tudo funcionava. Claro que os programadores da CW sempre tentavam criar novidades pra estimular os participantes, pra que cada vez mais avatares se interessassem pelo Torneio.

Confesso que estar dentro do metaverso, imerso naquilo tudo, era bem diferente da posição de observador do lado de fora.

— *Agente Vargas, você enfrentou um estresse severo por causa de problemas no Ânima, durante a queda do céu. Recomendamos uma pausa.* — Era a voz do Rato-mor. — *A supervisora Karen nos comunicou que ficaria a seu critério.*

Eu ouvia, ao mesmo tempo, o Rato-mor falar e o apresentador da CW anunciar o sorteio das equipes de competidores.

— Vou ficar... E vai ser até o fim! Até o prêmio! — eu disse, dando pulinhos e socando o ar. Avatares olharam pra mim com cara de espanto ou de desprezo.

— *Entendido, agente Vargas* — o Rato-mor se conformou.

Finalmente, o apresentador anunciou o nome do meu avatar, como participante de uma equipe pro Universo Aerosfília. Logo a camiseta estampada e a bermuda de Beto Hi-Five foram substituídas pelo traje da equipe azul.

Eu estava bastante interessado nos outros avatares que fariam parte da minha equipe. Uma tal de Sininho, uma fada que ficava entre o fofo e o empoderado, e, portanto, algo indefinido pra mim. Sof estava dentro, então foi OK, tudo beleza, a princípio. Ouvi o nome de Doug, o que achei uma merda. Também o de Lia foi chamado, o que me agradou, e eu nem sabia direito a razão. Por fim, um cara com o *nick* "Alex" se juntou a nós. Era a figura mais imponente entre todos, um avatar ciborgue barril.

Entre possibilidades, ameaças e supostos aliados, era difícil dizer quem estava ali pra me ajudar ou me atrapalhar.

Demorou, mas finalmente as equipes de Terraria, Aerosfília, Flâmula e Acquila estavam formadas.

Conforme instruções que o pessoal da CW me passara pelo rádio do Fusca que virou pó de píxeis, eu teria a oportunidade de adquirir dois recursos obrigatórios a todos os participantes: uma corda e uma lanterna. E, pagando, estavam à nossa disposição mais três recursos especiais: um dispositivo de propulsão, óculos de visão noturna e um conjunto de luvas e joelheiras aderentes. Mas, com o susto da queda do céu e a confusão com o grupo de terroristas, acabei pulando essa parte. Fiquei de mãos vazias. Usei a Versão Delta pra reclamar dessa desvantagem com a super e o Rato-mor. Os dois prometeram uma solução.

Não houve tempo pra mais nada.

Batidas de pagotrap, com guitarra, percussão e sintetizadores, aumentaram de volume, enquanto todo o resto do barulho na Arena diminuiu. O cenário mudou ligeiro à nossa volta. Fiquei até com vertigem.

Fomos levados pra um ambiente todo azul — teto, paredes e chão — completamente vazio.

De repente, surgiu um letreiro em 3D. E uma voz feminina começou a ler as regras da prova até o ponto final.

Então tudo mudou de novo. Menos a música, que explodiu de vez, acompanhada da mesma voz feminina:

— *Bem-vindos a Aerosfilia!*

Assustado, olhei pra cima e vi o letreiro de boas-vindas com as mesmas palavras da narração, em 3D, num azul vibrante.

Estávamos na base de uma montanha oca, com suas laterais fatiadas e separadas o suficiente pra que qualquer um pudesse ver o céu de cores quentes preenchendo os espaços vazados.

Dentro da montanha, até o topo, havia plataformas de todos os tamanhos, estáticas ou em movimento. E o mais importante: lá estavam as estrelas que devíamos coletar, brilhantes e douradas. Cada vez menores e mais difíceis de ver à medida que ficava mais alto.

Ao redor da montanha, havia telas que serviam como outdoors flutuantes com anúncios dos patrocinadores do Torneio.

— *As equipes têm cinco minutos para deliberações!* — disse a voz feminina.

Em seguida, a percussão subiu o tom, e surgiu outro letreiro em 3D, um relógio digital, num verde vibrante, marcando cinco minutos.

Percebi que participantes de outras equipes olharam pra cima, inclusive alguns de nós.

A contagem regressiva começou.

— Muito bem, galera — Alex disse, chamando a atenção de todos. — Temos que bolar um baita *plan*. Não dá pra simplesmente começar a subir e pronto. Quem nunca trampou *Pegue a Estrela* aqui?

— Peraí, peraí — Doug se manifestou. — Você tá se escalando como *master* da equipe? É isso mesmo, cara?

— A gente não tem tempo a perder. — Alex encarou Doug, depois virou-se pra cada um de nós. — Não conheço o *skill* de nenhum de vocês, mas temos que trabalhar juntos.

— Ele tá certo — disse Sininho, cheia de convicção.

Parecia que só eu ali tinha cara de bobo, mas resolvi falar:

— Man, nunca participei do Torneio. Conheço de assistir pela internet.

— Certo. Nunca é igual. Por mais vezes que você tenha visto e estudado a coisa toda — Alex disse. — Pra nossa sorte, o *evolution* dessa prova já é conhecido. O cenário é que tá diferente.

Ele me encarou não de forma arrogante, mas me passava a real, como um professor cuidadoso.

De fato, o único idiota declarado da equipe continuava sendo Doug.

Alex se virou pros outros.

— Mais alguém nunca trampou?

— Eu — disse Lia, toda tímida.

— Eu já — Sof afirmou.

— Eu também, mas nunca no Torneio. Em simulações de treinamento — Sininho revelou.

— Já ganhei essa prova. Podem checar o meu *file* — Alex disse. — Alguém mais já ganhou?

— Eu — Doug soltou, cheio de si. — Também podem checar o meu — finalizou com um sorriso sarcástico.

— *Os dois dizem a verdade, agente Vargas. Acabamos de verificar os históricos de pontuação* — disse o Rato-mor.

— O tempo tá acabando — Sininho alertou. — Sugiro dividir a equipe em três. Os vencedores vão primeiro, Doug e Alex. Seguidos de uma dupla mista, com alguém mais experiente e um *noob*, tipo eu e Beto. E depois vem Sof e Lia.

— Por que você tem que ir antes da gente, Sininho? — Sof perguntou, apertando o rosto.

— Calma, colega. Foi só uma sugestão. — Sininho levantou os braços e as asas. — Posso ir atrás, sem problema.

Ela se virou pra mim.

— O que acha, Beto?

— Tô de boa.

Alex olhou pra cima, pro relógio digital, alguns de nós também. Em seguida, virou pro lado, pra Doug.

— Gostei do *plan*. O que acha, cara? Faltam trinta segundos.

Todos olharam pro cretino do Doug. Estava todo se achando como o centro das atenções. Mas ele sabia que não tinha escolha. Era dizer sim ou comprometer sua própria chance de vencer o Torneio.

— Tá bom, tá bom.

O alívio foi geral.

— Vamos lá. Vamos fazer boni... — Alex foi interrompido por um som de alarme e depois pela voz feminina:

— *Tempo encerrado. Dirijam-se às marcas.*

Fomos logo pro ponto de partida da prova.

Assim que as equipes entraram nos círculos gravados no chão de terra, três anéis brancos luminosos acenderam ao redor, ao som de uma nota vibrante de sintetizador. Bummm. Um relógio digital surgiu na minha visão periférica, marcando trinta minutos. Os anéis luminosos foram se apagando, um por um, ao som de notas de sintetizador, agora abafadas. Tumm-tumm-tumm.

— Vamos conseguir, galera! — gritou Alex.

Até que uma sirene soou e o pagotrap ficou mais acelerado.

Todas as equipes começaram a correr. Nós, de acordo com a ordem que tínhamos estabelecido.

A vantagem de ficar na retaguarda de todos era que eu podia usar a Versão Delta sem chamar muita atenção. O problema era Sininho correndo ao meu lado. A pessoa por trás daquele avatar parecia ser bastante safa.

Fiz um rápido movimento pra mim mesmo, segurando um braço e mexendo os dedos da mão livre. Meus gestos significavam: instruções pra prosseguir.

Sininho virou-se pro lado e me encarou sem entender nada. Ela apertou os olhos, intrigada, mas ficou em silêncio. Voltou a se preocupar em correr.

— *Acabamos de receber uma nova mensagem da CW* — disse o Rato-mor. — *Comunicam o seguinte: o agente deve vencer a prova. Só assim poderá ter acesso à Sala de Recompensas Nível 1. Lá existe a possibilidade de ter alguma pista sobre o paradeiro de Kelly Hashimoto.*

Que merda de mensagem era aquela? Não tinha praticamente nada de concreto. Puro chute. A CW só podia estar de sacanagem. E o Laboratório e o Campo também, por levar tanta baboseira a sério! Minha vontade era de levantar o dedo médio bem na minha cara, voltado pra mim, como resposta aos *universitários*. Mas me contive. Apenas balancei a cabeça. Afirmativo.

Meu corpo estava parado na cadeira do laboratório. Mas minha mente estava a mil.

Decidi que o melhor, por enquanto, era esquecer as implicações da missão. No momento, o mais importante era ganhar a porcaria da prova.

Ted, deixe de baratino!, pensei. Estava na hora de ele me ajudar de verdade.

CAPÍTULO 18 » LIA

Se eu não estivesse tão preocupada em ganhar a prova, pararia um momento pra admirar o cenário. Minha nossa, a galera caprichou! O Universo Aerosfilia, com suas montanhas e outros elementos da natureza, me trouxe um sentimento de nostalgia; como esquecer as viagens à Chapada Diamantina que fiz com minha mãe quando era mais nova?

Mas tratei logo de afastar esses pensamentos pra focar na prova. Eu e Sofia entramos correndo na gruta no pé de uma das montanhas e fomos engolidas pela escuridão. Busquei uma lanterna entre os acessórios do meu uniforme e acendi o mais rápido que eu pude. Escuro nunca foi muito minha praia. E ainda bem que consegui fazer isso: assim que apontei a luz pra frente, um monte de morcegos saiu voando da gruta. Eu sei que são criações de computador, mas — cruzes! — quase morri do coração.

Olhei pro lado e vi que Sofia também estava com sua lanterna acesa. Algumas pessoas de outras equipes passaram por nós também com o acessório em mãos.

Desde que começamos a prova, Sofia não havia falado quase nada. Aliás, parecia que essa era a atitude normal dela. Qual era o problema dessa garota?

— E aí, como você entrou no grupo? — perguntei, tentando puxar papo. Talvez minha única chance de arrancar alguma coisa dela seria manter o assunto no único tema que tínhamos em comum: os Animalescos.

— Do mesmo jeito que você e todo mundo aqui — respondeu ela, apontando pra frente e pra trás, indicando o restante da nossa equipe. — Pelo sorteio.

— Não era desse grupo que eu estava falando — retruquei, mas Sof se manteve em silêncio.

Não seria nada fácil encarar essa prova com uma companhia tão pouco disposta a interagir.

Mas eu não podia me deixar abalar. Esse Torneio era minha única esperança de que, quando retornasse ao mundo real, minha vida estivesse um pouquinho melhor. Estava cada dia mais preocupada com o dinheiro na poupança acabar e eu sem nenhuma perspectiva de conseguir outro emprego ou as *nimas* de volta.

O caminho pela gruta era escorregadio e, por todo canto, fontes de água brotavam. Logo de cara, conseguimos captar várias estrelas, o que somou pontos ao nosso placar individual e ao da equipe. É claro que alguém venceria a prova, mas deixar nossa equipe bem posicionada em relação às outras traria vantagens pras próximas fases. Pelo menos foi o que entendi da explicação durante a abertura. Se era papo-furado ou não, só depois saberia, mas era melhor não arriscar. Por isso, toda estrela que via, avisava a Sof, pra que ela também pudesse ganhar pontos. Mesmo que ela não parecesse muito interessada em fazer o mesmo por mim.

Até esse momento, a prova parecia fácil demais. Só caminhamos pela gruta tentando não escorregar nas pedras e catando umas estrelas. Eu já estava ficando animada, achando que seria só isso, mas é claro que estava errada. Um pouco mais adiante, chegamos a uma parte totalmente alagada. A única forma de passar seria atravessando águas agitadas e sabe-se lá o que mais havia ali dentro.

— Alguma sugestão de como atravessamos? — perguntei a Sofia, na esperança de que ela resolvesse interagir.

Que garota estranha! Ela deu uma de *camper* e continuou parada olhando pra frente; não parecia nem um pouco disposta a ajudar. Olhei pra trás e vi Sininho e Beto quase nos alcançando.

Já estava prestes a desistir de Sofia quando ela segurou meu braço.

— A melhor forma seria a gente ir pelo meio. As margens costumam ter muitas pedras, de acordo com minha experiência em outras versões.

Pensei em sugerir que a gente pensasse em outra estratégia, mas, antes que eu pudesse falar qualquer coisa, Sofia se jogou na água. Dei de ombros e segui atrás dela, evitando ficar perto das laterais. Comecei a nadar o mais forte que consegui pra tentar vencer a correnteza. Mesmo com dificuldade, aos poucos fui avançando. Quando estava lá pelo meio do caminho, percebi que Sof não estava perto de mim. Olhei pra trás e vi um movimento esquisito na água, até perceber que era ela se afogando.

Sem pensar duas vezes, nadei de volta pra tentar socorrê-la e também fui pega pela correnteza que vinha do fundo e nos puxava pra baixo. Agarramos uma na outra pra tentar sair daquela enrascada, mas nenhuma movimentação nossa parecia ter sucesso.

Já estava achando que seria nosso fim na prova, quando enxerguei uma corda bem na nossa frente. Olhei pra margem e vi Sininho segurando a outra ponta. Ajudei Sofia a se agarrar enquanto fazia o mesmo. Segurávamos a corda como se nossa vida dependesse dela (e, de fato, dependia de alguma forma).

— Você não precisava voltar, mas... obrigada — disse Sofia, ofegante.

— Vocês estão bem? — perguntou Sininho.

— Estamos sim, valeu! — respondi. — Mas como vamos sair daqui?

— Eu tive uma ideia. Aguentem aí! — disse Sininho.

Ela se afastou alguns passos da margem e amarrou a corda em um pedaço de pedra pontuda.

— Pensei em aplicar o dispositivo de propulsão na corda de forma que vocês sejam jogadas pra frente e saiam desse redemoinho.

— Dispositivo de... propulsão?

Pela cara incrédula de Sofia, parecia que eu não tinha sido a única a não prestar muita atenção na hora de escolher a arma extra. O que era estranho, já que ela e o irmão eram usuários antigos do Ânima.

— Beto, você vai ajudar ou não? — perguntou Sininho, revirando os olhos. Essa coisa de trabalhar em equipe pelo visto não era o forte de ninguém ali.

— O que quer que eu faça? — retrucou ele, gesticulando de forma exagerada.

Desde que ele literalmente caiu no meio da nossa reunião dos Animalescos, não consegui sacar muito a de Beto. Eu o ajudei quando ele foi pressionado por Marcos e Doug. Não queria ser testemunha de nenhuma atrocidade. Mas a verdade era que não sabia o que esperar dele. E, pelo amor de Deus, por que se mexia tanto?

— Segure bem a corda, como se quisesse puxar as meninas pra margem, e suba nela. Assim vai gerar mais força. Eu vou prender o dispositivo de propulsão. Quando eu disser, você solta, nós pulamos na água e nos agarramos na corda. A propulsão fará o resto.

Não que eu tenha entendido muito do plano, mas o importante foi que funcionou. Depois de um solavanco, fomos parar numa parte de águas calmas e pudemos nadar até a outra margem.

Em seguida, foi nossa vez de ajudarmos Beto a atravessar as águas agitadas, usando a corda.

Sininho usou suas asas pra voar, mas acabou molhando os pés.

Recuperamos o fôlego e cada dupla seguiu seu caminho.

Depois desse sufoco que passamos, Sofia relaxou mais e até ensaiou iniciar uma conversa. Mas, depois de algumas frases trocadas entre nós, de novo o silêncio se instaurava. Ou ela era muito tímida ou tinha alguma coisa a esconder.

— Como será que seu irmão e Marcos estão se saindo no Universo deles?

— Espero que bem, pra nossa salvação...

Estava mais pra segunda opção. Esses gêmeos estavam metidos em alguma treta.

— Sof... — comecei, mas perdi a coragem de continuar. Queria muito saber mais sobre os Animalescos, mas tinha medo do que poderia descobrir.

— Olha, Lia — disse Sofia enquanto apertava um botão preso no pulso. — Se você é aceita como parte do grupo, *seja* parte desse grupo. É assim que a gente consegue as coisas: em conjunto.

Ela apertou o botão de novo e, a partir daí, nossa comunicação só se resumiu a falas pontuais sobre a prova. Conseguimos recolher alguns artefatos pelo caminho, além de mais estrelas convertidas em pontos.

Quando estávamos quase na saída da gruta, a coisa começou a ficar estranha. A imagem começou a falhar e eu achei que tivesse algum problema com meus óculos de realidade virtual. Tentei falar com Sofia, mas não conseguia vê-la e nem sabia se ela me ouviu chamando-a.

Estava sem saber o que faria pra resolver o problema, até que enxerguei uma forma familiar: o pássaro de metal que apareceu na minha janela alguns dias atrás!

Como se já não estivesse tudo muito estranho, ouvi uma voz falando comigo:

— *Lia? Está me ouvindo?*

Era o Doug. E a voz vinha do bicho que voava bem na minha frente.

— O que está acontecendo, Douglas?

— *Não tenho tempo pra explicar, só me ouve. Alex me prendeu na subida da montanha. Preciso que você venha aqui me buscar. Logo na saída da gruta tem uma estrela de uma cor diferente e menos brilhante. Se você tentar pegá-la, surgirá uma mensagem que você pode perder alguns pontos, mas aceite mesmo assim. Ela vai liberar uma espécie de dinossauro voador, a maneira mais segura de subir até o topo da montanha e capturar a estrela final. Venha rápido e venha sozinha. E nem tente me deixar aqui ou haverá consequências.*

Antes que eu pudesse falar qualquer coisa, o bicho se transformou numa tela e mostrou uma imagem da área de serviço do meu apartamento e depois meu rosto bem de perto. Merda. De repente, a tela se evaporou em píxeis.

Não perdi tempo. Fui correndo até a saída. Antes de pegar a estrela, tentei dar *ban* em Doug.

Eu tremia e meu coração estava disparado, sensações que acabei passando pro meu avatar e que Sofia percebeu.

— Tá tudo bem? Você sumiu do nada e fiquei sem saber o que tinha acontecido.

Fiz sinal pra que parasse de falar. Ela entendeu o recado.

— Acho melhor a gente seguir separadas. Pra agilizar, sabe? —

Enquanto eu falava, me abaixei e desenhei a letra D no chão com o dedo indicador.

— Tudo bem. Boa sorte, Lia.

Apertei o passo e saí correndo pra pegar a estrela indicada por Doug.

Não via a hora dessa prova acabar logo, pra eu poder colocar a cabeça no lugar e pensar no que faria dali em diante. Doug se veria comigo.

Eu estava tão distraída quando liberei o dinossauro voador, que não percebi Sofia se agarrando ao meu uniforme, à minha cintura. Ela montou atrás de mim.

— Se é pra gente se ferrar, que seja juntas — gritou ela, conforme levantávamos voo.

Apesar do nervosismo da situação, a sensação de voar foi magnífica. Mais uma vez, me impressionei com a capacidade de imersão do Ânima. Vi de longe integrantes de outras equipes também voando e quase acenei, tamanha a minha felicidade.

A alegria durou pouco. Logo vimos Douglas.

— Alguém me deu *ban* e eu tô preso aqui há dois minutos. Se eu descobrir que foi você... — ameaçou ele, mas parou de falar assim que percebeu que Sofia estava comigo. — Eu disse pra você vir sozinha! Não posso deixar que nada aconteça com ela.

— O que você quer dizer com isso?

— Não interessa. Depois eu lido com isso.

De repente, meu dinossauro voador pixelou, falhou, se sacudiu! Tombei pro lado junto com Sofia. Pra minha sorte, consegui segurar na pata do bicho, já de volta ao normal. E Sofia agarrou minha mão. Nossa! Tava difícil demais fazer tanta força!

— Me deixa cair e se salva! — gritou Sofia.

— Você vai mesmo se sacrificar por essa daí? — perguntou Doug a ela.

— Se é pra gente se ferrar, que seja juntas, lembra? — falei pra Sofia.

Mas eu sabia que não tinha muito jeito. Eu não aguentaria segurá-la por muito tempo.

Antes que eu percebesse o que estava fazendo, ela puxou a mão com força. Gritei seu nome quando a vi despencando. Eu já estava quase caindo também, quando Alex surgiu no seu dinossauro voador. Ele agarrou Sofia no ar e me ajudou a montar direito no meu.

Não tive nem tempo de respirar direito. Douglas apareceu do nada! Agarrou a pata do bicho de Alex e começou a puxá-lo pra si.

— Continua voando pra cima, Lia. À direita, lá no topo, tem a estrela final. — Diante da minha apatia, Alex completou: — Vai logo! Eu dou um jeito nele.

Fiz o que ele falou, mas ainda ouvi Douglas gritar que haveria consequências e Alex dizer que ia denunciá-lo por tentar sabotar a prova. Será que Alex tinha noção de onde estava se metendo? Ele parecia ser uma boa pessoa. Eu só esperava que não se prejudicasse por nos ajudar. Eu não sabia do que os Animalescos eram capazes.

Cheguei ao topo da montanha e uma paz pareceu se apossar de mim. Não tinha mais ninguém em volta e me perguntei o que teria acontecido com Sininho e Beto. Ainda estava sem acreditar que eu de fato ganharia a prova.

Coletei a estrela final e vi o contador do tempo zerar. Em outras circunstâncias, eu estaria feliz. Mas, sem saber que tipo de perigo eu corria, no mundo real e no virtual, não consegui comemorar.

No que eu havia me metido?

CAPÍTULO 19 » VAGNER

Os cheiros da rua estavam me aporrinhando. Logo a mim, um agente que tinha a realidade do mundo como local de trabalho.

Me sentir estranho em meu próprio habitat foi algo que me abalou.

As horas passadas dentro do Ânima me causaram um dano que eu temia ser permanente.

Eu estava doido pra voltar à rua. Mas, naquela manhã nublada, de ar saturado, nada dava certo. Barulhos, pessoas, trânsito, poluição. O que antes eram marcas registradas do meu cotidiano, a substância do meu amor e ódio pelo que eu fazia pra ganhar a vida, tornou-se só angústia a cada passo.

O Ânima era o pivô de um redemoinho de acontecimentos recentes que fizera minha cabeça girar e ainda continuava perturbando meu raciocínio.

Fazia muito tempo que não me sentia tão perdido.

Enquanto caminhava entre a multidão, pensei no velho Clodô. Que lição dura de vida eu poderia recapitular naquele momento?

Eu não estava bem. Mas não conseguia parar, sentar e respirar fundo. Precisava andar. Tinha um caminho a seguir, um objetivo. Alguém pra espremer. Tirar satisfações. Servir de bode expiatório a todas as minhas dores.

O miserável do Ted.

A primeira prova do Torneio fora um fracasso. Mas, também, o que queriam? O que a super e a cúpula do Campo esperavam? Vencer aquele tipo de prova era algo mais fácil no papel. Ainda mais pra um cara sem traquejo virtual. Que não tinha passado horas e horas tentando enfrentar um perrengue semelhante, na base da tentativa e erro. Meu treinamento tinha sido curto e apressado.

Fiquei pra trás e a tal Sininho não tinha ajudado muito, essa era a verdade. Parecia que ela estava dispersa, preocupada com outras coisas durante a prova. Ela nos atrasou e acabamos nos perdendo.

O Torneio nunca atraiu *gamers* viciadões. Segundo eles, o formato daquela disputa era uma idiotice. Não dava pra equipes competirem entre si, na real. No final das contas, o desempenho individual era o que mais importava. E os usuários nem sequer podiam formar suas próprias equipes, sendo selecionadas por sorteio. Mas acontece que esse era justamente o objetivo da CW. Afugentá-los pra que os Universos fossem ocupados por um público mais amplo. Com menos regras e o estímulo à competição na medida certa, mais usuários continuariam conectados.

— Agente Vargas, quem venceu essa prova foi uma jogadora qualquer, uma pobre coitada. Nós averiguamos.

Pense num ódio quando a super tinha me dito aquilo, no dia seguinte. Só que, por fora, eu era a calma em pessoa.

— A tal Lia é uma terrorista, senhora. Assim como o resto do grupo dela.

— Nossa varredura virtual não mostrou nada nesse sentido, mesmo com as falhas no Ânima. Lia é uma pessoa desempregada, ansiosa e desinteressante. E, quanto aos demais, vamos verificar.

— Eu os vi agindo, senhora. Lia é uma sonsa. O que chamam de M também. Aquele Doug é uma ameaça real. Mande alguns dos nossos a campo pra vascular a casa de cada um deles.

— Por enquanto não será necessário.

— Mas, senhora... — Quase perdi o controle.

— Sei que confia muito na sua intuição, agente Vargas. Mas nosso pente-fino na vida virtual de Lia foi satisfatório. Assim como na dos outros vencedores, nos quatro Universos.

— Desculpe-me, senhora, intuição, não: observação. Anos de experiência acumulada.

— Agente Vargas, sua experiência é algo muito apreciado pelo Campo, por mim, mas o ambiente do Ânima pode ter afetado seu discernimento.

Eu estava de saco cheio daquela conversa. O melhor a fazer era assumir a culpa pelo meu fracasso na prova e pronto. Eu estava cansado de especular, de tentar adivinhar os pensamentos da super, o que ela escondia e tramava.

Justamente pra evitar o pior, iria ao encontro do imbecil do Ted. Ele estava merecendo uma visita surpresa em um de seus lugares favoritos.

O cyber café Mondo ficava na Rua Chile. Era um dos *points* mais badalados dos nerds de Salvador.

Em meio a tanto caos e pobreza, era um oásis pra quem ainda tinha um bom emprego e podia pagar os olhos da cara por um capuccino feito com chocolate belga.

Um dos funcionários era meu informante. Ele tinha batido o fio sobre Ted estar ali. Ficar de olho nesses nerds privilegiados sempre se mostrava útil.

Pra ocasião, eu tinha tomado um banho demorado, feito a barba e vestido meu melhor moletom. O dia estava nublado e fazia certo frio.

O ambiente tinha um ar descolado com uma decoração cheia de cores vibrantes. Nas paredes, havia réplicas de cartazes de séries e filmes americanos, clássicos dos anos 90 e início dos 2000, além de quadros digitais em que personagens icônicos do mundo dos games se mexiam.

Ted estava sentado ao balcão junto da parede, numa cadeira alta. O espaço entre uma cadeira e outra era suficiente pra manter a privacidade.

Ele digitava no seu notebook, concentrado.

O cyber café estava meio vazio. Por isso, foi fácil ocupar o assento ao lado.

— Bom dia — Ted disse, sem tirar os olhos da tela.

Ainda bem que ele não me encarou naquele momento. Provavelmente, flagraria minha cara de espanto. Mas como...

Ligeiro, me recompus.

— Meu caro Ted.

Larguei meu sorriso mais confiante. Ele não deu a mínima. Ah, miséra.

Ted respirou fundo e finalmente se virou pra mim. Sua cara era de puro tédio.

— Desculpe — ele disse.

Não botei muita fé em sua fala. Mas, só em dizer aquilo, mostrava que ele me levava a sério, de alguma maneira.

— Onde você estava, cara? Eu precisava vencer aquela prova.

Ted voltou pro notebook.

— Nunca falei que te ajudaria a vencer nada. O acordo foi passar informações sobre o paradeiro de você sabe quem dentro de você sabe onde.

Ambos sabíamos no que estávamos metidos. Ninguém confiava em ninguém ali.

Eu utilizava um embaralhador de sinais no bolso do moletom. Assim, qualquer gravação de áudio e de vídeo feita por Ted teria trechos *mastigados*, com ruídos e imagens borradas quando ouvidos e assistidos posteriormente. Já Ted falava de maneira vaga, nas entrelinhas.

Só o fato de estarmos frente a frente era motivo bastante pra tanto o Campo quanto a CW tirar satisfações, colocar-nos contra a parede. A super talvez até acreditasse, num primeiro momento, que eu estivesse chantageando Ted, um assessor de Brenan Cerqueira, em prol do Setor 6. Mas as chances de eu realmente convencê-la disso eram mínimas. Afinal, ela seria pega de surpresa. Pior ainda pra Ted. Que explicações poderia dar a seu chefe? Então, com certeza, ele queria que aquilo acabasse logo.

— Prometo me empenhar mais da próxima vez. — Deu pra sentir até uma oscilação em sua voz, um desconforto, uma fragilidade.

Ele hesitou em se virar pra mim. Grudou os olhos na tela a todo custo.

Aquela atitude não combinava nada com ele. Um cara grande, loiro, musculoso e vestindo uma roupa esporte cara.

— O que foi? Abra seu coração — falei quase num sussurro.

Ted se virou de vez e me encarou, irritado.

Deparou-se com um sorriso irônico de canto de boca.

— Você está brincando de roleta-russa com nossas vidas — ele soltou e depois respirou fundo.

— Quem tem mais a perder é você, Teodoro.

De repente, Ted mudou o rosto pra uma expressão mais confiante.

— Eu perderia status. Você, a vida.

Agora foi a vez dele de dar um sorriso irônico.

O desprezo que toda a CW, funcionários e chefes, tinham pelo Campo já era algo bem conhecido por nós, agentes. Eles entendiam e até respeitavam a existência do Laboratório e dos Ratos. Mas os investimentos no Campo eram vistos como um enorme desperdício de recursos. Chamavam-nos de "trogloditas analógicos". Mas a presidente da República discordava totalmente desse posicionamento, da opinião, nas palavras dela, "daqueles nerds imbecis".

— Se ninguém do exército particular da CW te matar, posso fazer esse favor pro seu chefe.

Ted fechou a cara de imediato.

— Estou cansado de suas ameaças.

— Depois do Torneio você nunca mais vai me ver.

— Não tenho tanta certeza disso.

Fiquei apenas o encarando, doido pra dar uma gargalhada. Ted tinha razão. Ele era um informante valioso demais pra simplesmente liberá-lo. A única chance que tinha pra se livrar de mim era provocando minha morte ou minha fuga como um ex-agente, um ex-funcionário do governo que caíra em desgraça. Pra ele, a primeira opção era algo mais garantido.

Assim ele poderia continuar ganhando muita grana com o tráfico de metanfetamina entre os funcionários da CW. Era um esquema que envolvia certas pessoas dentro da empresa, de vários setores e até gerentes de departamento, na sede e em filiais pelo Brasil. O grupo oferecia a melhor maneira dos colegas ficarem focados no trabalho por horas e horas, aumentando a produtividade, a criatividade e o diabo a quatro.

Eu tinha descoberto todo o esquema quase um ano antes.

Uma tarde, no Caminho das Árvores, eu testemunhara um idiota atropelar com a bicicleta uma senhora que se arrebentou toda no chão. O infeliz tentou fugir, mas corri atrás dele e o alcancei. Dei uns dois tapas e peguei sua carteira pra procurar algum documento. Dava pra ver pelo semblante alterado que tinha tomado alguma coisa. Ele não exalava nenhum bafo de álcool. Pra minha surpresa, descobri que trabalhava na CW. Mostrei minha identidade de funcionário do Ministério de Assuntos Estratégicos. Guardei o documento dele no meu bolso e disse que depois conversaríamos melhor. Seria um segredo apenas nosso. Mandei ele largar a bicicleta e ir embora correndo. E foi assim que fiquei sabendo de Ted, pois o cara da bicicleta era um dos seus fregueses. Como diz um ditado do Campo: "Um agente sem sorte é um agente pela metade".

Fiz minhas próprias investigações por meses. O mais impressionante era que, conforme averiguei muito discretamente, ninguém do ministério sabia sobre esse tráfico dentro da CW.

A ideia era tornar Ted meu informante de luxo. Eu queria saber mais sobre os segredos do Ânima. Estava tudo pronto pra dar o bote. Mas aí veio a crise do metaverso. Outro ditado do Campo diz: "Chupe a laranja antes que apodreça".

— Estamos perdendo tempo — eu disse pra Ted, já sem paciência, no cyber café. — Quero saber alguma novidade sobre o paradeiro de Kelly Hashimoto agora mesmo.

Dessa vez, a expressão de Ted foi de vazio, como se não estivesse mais na minha frente, apenas uma casca. Ele tinha perdido mais uma pra mim e feio.

Em seguida, ele fez uma cara de medo.

E foi aí que percebi que tinha uma novidade pra me contar. Um segredo que eu não deveria saber, mesmo que me revelasse de maneira vaga, nas entrelinhas.

— Olá, olá, quem nos assiste. Aqui é o Rob e está no ar mais um episódio do Ânimaverso, seu programa preferido pra ficar por dentro de tudo o que acontece no nosso querido metaverso!

Meus dias de anonimato acabaram — pelo menos no mundo virtual. Depois de o público acompanhar em tempo real todos os meus movimentos durante a prova, meu rosto era mais do que conhecido. Me sentia vivendo em um reality show. Ainda mais por ter sido uma das vencedoras da primeira prova, não conseguia dar um passo nas áreas comuns do Ânima (upgrade que consegui com a vitória) sem alguém me reconhecer e vir falar comigo ou, no mínimo, ficar me encarando.

E, como era de praxe, ganhar implicava em participar do programa do Rob, que era transmitido ao vivo dentro do metaverso, na internet e na televisão. Eu devia viver em outra dimensão, pois nunca soube do alcance que o Ânima tinha.

— Estamos aqui hoje com a vencedora do Universo Aerosfilia. Deem as boas-vindas calorosas a Liiiiiia!

Nesse momento, o centro da tela foi dividido entre a minha imagem e a de Rob, enquanto, em volta, diversos espectadores apareciam em pequenos quadrados, formando uma espécie de plateia virtual. Acenei e sorri como se fizesse isso a minha vida inteira. Já estava metida até o pescoço nessa confusão, então, que cumprisse o meu papel.

— Bom, Lia, pra começarmos nossa entrevista, uma curiosidade: por que resolveu se apresentar pra nós hoje com o seu avatar e não com sua imagem real? Faz parte de alguma estratégia secreta ou só não quer ser atacada por fãs?

— Na verdade, não tem nenhum mistério por trás. É porque foi com esse avatar que ganhei a prova, então achei que faria sentido aparecer assim.

Depois da ameaça de Doug durante a prova, talvez minha identidade não fosse tão secreta assim. Mas era melhor não me expor ainda mais.

— Será que por trás desse avatar tem uma pessoa completamente diferente, hein? Façam suas apostas! — disse Rob com uma risada falsa.

Como eu não respondi nada, ele pigarreou e continuou:

— E sabemos que os vencedores das provas do Torneio ganham algumas regalias dos patrocinadores. Já pensou o que vai fazer com seus créditos?

— Bom, acho que o que qualquer trabalhadora faria: pagar umas contas e comprar coisas pra casa.

— Está certíssima! E, antes de falarmos sobre a prova em si, conta aqui pra gente: você já foi até a Sala de Recompensas?

— Já sim, Rob.

— E aí, e aí? Revela alguma coisa pra gente, vai!

— Você sabe que não posso fazer isso. É contra as regras. E eu não posso perder meu recém-adquirido status de celebridade, não é? — Agora foi a minha vez de dar uma risadinha falsa.

— É claro que não. Longe de mim ser o responsável por prejudicar uma pessoa tão importante — ele respondeu, gesticulando de forma dramática. — Mas não tem nadinha que você possa falar pra matar a curiosidade dos meros mortais como nós?

— Bom... Posso dizer que, chegando lá, eu tive duas escolhas pra fazer.

Apesar do tom neutro da minha resposta, a verdade era que eu não conseguia parar de pensar no que vivenciei.

A Sala de Recompensas parecia um mundo à parte. Era composta por diversas prateleiras com garrafas em cima. Essa área parecia estar protegida por uma espécie de vidro ou campo de força, pois não conseguia me aproximar demais. Segui então até o painel de controle na parede oposta e apertei o único botão que tinha. Logo um telão se iluminou e apareceu a seguinte mensagem:

Bem-vinda à Sala de Recompensas. Por ter vencido a prova, você tem direito a duas escolhas: um artefato e uma informação. Uma vez decidido, não será permitida qualquer tipo de troca. Se você divulgar o que viu aqui (a não ser que faça parte da recompensa selecionada), será prontamente eliminada. Pense bem antes de tomar sua decisão. Sua sobrevivência no Torneio depende disso.

Assim que apertei a opção de que havia entendido e queria continuar, uma parte das prateleiras se iluminou e pude chegar perto. Era a sessão dos artefatos. Em cada garrafa, aparecia apenas uma palavra que indicava o que haveria dentro. Tinha de tudo: armas, uniformes mais equipados, possibilidade de avançar uma etapa da prova, mas uma coisa me chamou a atenção por completo: proteção.

Depois de perceber que Doug estava na minha cola, achei que poderia ser uma vantagem interessante ter algum tipo de proteção — que eu só descobriria como funcionava na hora que fosse disputar a próxima prova do Torneio.

Passei pras prateleiras de informação. Elas forneciam antecipadamente o que aconteceria na próxima prova: o tema ou o direito a uma dica durante a disputa. Se eu decidisse não dividir com ninguém a informação privilegiada, eu saberia mais. Se quisesse formar algum tipo de parceria, saberia um pouco menos, mas poderia dividir a informação com alguém e elaborar estratégias. Não pensei duas vezes e escolhi o tema da prova e a parceria; eu não poderia mais continuar nos Animalescos com o sentimento de desconfiança geral.

— Agora vamos falar sobre a prova.

A voz de Rob me trouxe de volta dos meus devaneios.

— Esse momento aqui, me parece que foi bem tenso, né? — ele disse, enquanto os últimos instantes da prova eram transmitidos. Não havia som e, portanto, ninguém sabia que Alex estava ameaçando denunciar Doug, ou que Doug havia me ameaçado primeiro. Depois fiquei sabendo pelos comentários das pessoas que nem na hora da transmissão ao vivo deu pra ouvir o que a gente falava de tão alta que estava a música.

— Não diria tenso, mas agitado — contemporizei.

— O que você pode nos dizer do que estava acontecendo aqui?

— Acho que nada diferente do que vocês estão vendo. Nós decidimos, como equipe, que eu estava em uma posição melhor pra seguir e ganhar.

Se minha resposta foi satisfatória ou não, eu não sei, mas Rob não insistiu mais no assunto. O resto da entrevista seguiu de forma tranquila, sem perguntas embaraçosas.

Terminado o meu compromisso de vencedora da prova, segui pro QG dos Animalescos. Minha vontade era nem aparecer por lá; não precisava de mais olhos em cima de mim quando já estava assustada o suficiente. Tentaria agir de forma natural e sondar se a ameaça de Doug tinha sido algo deliberado pelo grupo ou se ele agiu por conta própria. E, o mais importante: conseguir uma parceria.

— Aí está a nossa campeã! — disse Marcos ao me ver entrar. Estavam ele, Doug e Solano na sala de reuniões. — Só estávamos esperando você chegar pra começar os trabalhos.

— Onde está Sofia? — perguntei pra ninguém em específico. Mas fixei o olhar em Solano.

— Precisou resolver umas coisinhas, mas depois eu passo as informações pra ela — ele respondeu, sem me encarar.

— E Beto?

— Ah, ele decidiu seguir o Torneio por conta própria — Marcos respondeu meio aéreo, como se nem lembrasse mais da existência de Beto.

Já que não sabíamos como seria a próxima etapa do Torneio, a reunião foi mais pra assegurar o compromisso de todos com os Animalescos. Que o resultado final seria mais satisfatório se todos colaborassem e poderíamos ter de volta a segurança dos nossos dados, blá, blá, blá.

Apesar de a reunião ter sido rápida, percebi uma certa tensão entre Marcos e Doug.

— O que há com esses dois? — perguntei a Solano.

— Estão se estranhando desde que cheguei. Parece que Doug agiu pelas costas de Marcos e este o acusou de tentar tomar o poder pra si. Foi o que eu entendi.

Será que isso tinha a ver com o que Douglas fez comigo? Só havia um jeito de descobrir.

— Qual é a tua, cara? — Apontei o dedo na cara de Douglas antes de ele ir embora. — Filmando a minha casa, me ameaçando na primeira prova...

Não conseguia entender o motivo de ele estar atrás de mim. Eu era uma ninguém tentando sobreviver neste mundo caótico dentro e fora do Ânima. Não entendia que tipo de ameaça poderia oferecer. Ou, talvez, ser assim era um perigo pro grupo, alguém por quem as pessoas poderiam sentir empatia e a quem poderiam ouvir. Ainda mais sendo a vencedora da primeira prova do Torneio no Universo Aerosfilia. Tinha bastante atenção voltada pra mim, assim como pros vencedores de Terraria, Flâmula e Acquila.

Apesar do medo, me sentia bem de ter a chance de jogar umas verdades na cara daquele seboso. E, pelo riso contido no semblante de Marcos, ele não parecia disposto a intervir a favor do programador.

— É o quê, garota? Só porque ganhou uma prova acha que está com o rei na barriga?

— Esse é o motivo, né? Vocês queriam alguém pra manipular, mas ganharam em troca uma pessoa que não baixa a cabeça. — Essa última frase falei olhando pra Doug e Marcos. Pro coordenador entender que minha raiva era direcionada a quem me atacou diretamente, mas o recado valia pra todos.

— Você não sabe de nada, Lia. Chegou outro dia ao grupo — disse Doug.

— Se eu não sei de nada, como diz, por que está tão preocupado com minha presença? Medo de que eu tome o seu lugar?

O avatar de Doug ficou com as bochechas vermelhas (imagino que emulando a raiva do usuário). Mas, antes que tivesse a chance de responder, Marcos pousou a mão em seu ombro e ele desarmou.

— Todo mundo tem seu lugar e sua importância no grupo — contemporizou Marcos.

— Mais um motivo pra ameaça de Doug na primeira prova não fazer sentido.

— Essa ação ele tomou por conta própria. Não foi ordenada por mim — respondeu Marcos, sem nem olhar pra Doug.

— Até porque eu não recebo ordens de você, *coordenador* — respondeu Doug com deboche.

Eu sabia! Esse cara não gostava de mim mesmo. Mas, se era assim, eu iria lutar pelo meu espaço. Estava num momento da vida em que não tinha mais nada a perder. E verdade seja dita: o gosto da vitória era bom demais.

— Cansei dessa ladainha. Tenho coisa mais importante pra fazer — disse Douglas. Me deu um olhar de puro ódio e foi embora do QG.

— Também já cansei dessa patacoada — disse e fui andando em direção à porta.

— Tudo a seu tempo, Lia. Começamos tão bem no Torneio, por que estragar isso? — falou Marcos antes de eu sair.

— Eu não acho justo ser perseguida sem nem saber o motivo.

— Não é perseguição. É medida de segurança.

— Como ass...

Marcos me interrompeu antes que eu pudesse completar a frase.

— Vamos fazer o seguinte: depois da próxima prova, eu prometo que a gente esclarece todas as suas dúvidas. Com calma.

Pensei em insistir mais, porém senti que não conseguiria saber de mais nada naquele momento. Mas eu não ia desistir.

— Vou cobrar.

Quando já ia sair do Ânima, recebi uma mensagem de Sofia agradecendo a ajuda durante a prova e me passando coordenadas pra visitá-la em seu mundo — seguro e sem vigilância, segundo ela. Uma ótima oportunidade pra dividir com ela as informações da Sala de Recompensas.

Mal voltei ao mundo real e uma outra mensagem chegou pra

mim: dessa vez de Samantha, marcando um almoço. Um pouco de normalidade era tudo o que precisava na loucura que minha vida tinha se tornado.

Acordei a pulso e ainda lesa de sono. Tateei, desesperada, o despertador pra desligá-lo. Eu já havia adiado o alarme duas vezes, não dava mais pra enrolar. Mas meu corpo todo doía. Também pudera, depois de uma descarga de emoção daquelas! No dia anterior, gastei o resto de energia que sobrara da rotina na primeira prova do Torneio. Eu tava um caco! E quem iria imaginar que Lia levaria a melhor?

Ainda sonolenta, cruzei a sala pra ir ao banheiro. No caminho, notei que deixei o dispositivo do Ânima ligado. Me aproximei pra desligá-lo. Com a visão ainda meio pesada, vi um pop-up informando que eu tinha uma nova mensagem. Sabendo que pop-ups desse tipo não eram comuns no chat do metaverso, fui tomada por um choque de adrenalina e corri atrás do controle, a fim de abrir a mensagem. Nela dizia: "Nia, não tinha dúvidas de que você acertaria o canal! O que vamos conseguir primeiro: o prêmio do Torneio ou a minha cabeça? Rs. Espero não perder pra você!"

Droga, eu amava o senso de humor dessa mulher! Quase me esqueci que era pra eu estar borbulhando de ódio pelo sumiço dela... Afinal, aquele seria o momento perfeito pra cobrar várias respostas. Mas a verdade era que eu estava cheia de vontade de mandar mensagens fofas! Como podia? O melhor que consegui foi: "Kel, acho que eu mereço ganhar, porque te perdi primeiro! A nossa batata no mundo real tá assando :(espero que você me dê uma luz de como reverter esse caos."

Era tão bom poder ter um canal de comunicação com ela novamente. Sem contar que era também a primeira vez, em dias, que eu sentia uma ponta de alegria depois de tudo que aconteceu!

***

Cheguei agitada na Soluções Tech. Já prevendo uma bronca, caminhei em direção à sala de Rosana. Mas, pra minha surpresa, dei de cara com o babaca do Brenan Cerqueira batendo a porta da sala dela atrás de si. Ao me ver, ele soltou um sorrisinho malicioso.

— Quanto tempo, Niara! Espero que você esteja bem, diante de tudo... bom, você sabe — ele disse, ensaiando uma falsa simpatia, dando leve batidinhas no meu ombro, como se eu fosse uma criança de treze anos. Brenan era como qualquer empresário malhado, hétero, branco e de olhos azuis: tinha certeza de que era o próprio sol.

— Eu vou bem, obrigada — me limitei a dizer, me afastando dele com cara feia.

— Não quer tomar um café pra conversarmos um pouco mais? — ele sugeriu.

— É pra ser sincera? — respondi. Dá pra acreditar nessa? Ele tava achando que ia me levar no papo?

— Olha, eu vejo que você está meio agitada agora... — ele disse, apontando pra mim com a arrogância usual de quem acha que não era feito de carne e osso. Depois sacou um cartão de visitas do bolso da calça social e jogou nas minhas mãos. — Quando estiver pronta pra conversar, me manda uma mensagem. Você sabe que eu amo o café do Mondo, né? — Virou as costas e saiu, na maior! Simples assim.

Entrei na sala de Rosana mais agitada e também irritada.

— Bom dia, Rosana, me desculpe pelo atraso... Mas o que o CEO da Creative Worlds estava fazendo *pessoalmente* na sua sala? — falei, afobada e desconfiada.

— Boa tarde, Niara. — Rosana fez um olhar de reprovação atrás das lentes dos seus óculos de armação gateada. Ela usava um batom vermelho tão vibrante quanto o seu cabelo cacheado.

— Eu me atrasei quinze minutos, não é pra tanto! — respondi, revirando os olhos.

— Por que não posso conversar com empresários do ramo? Isso aqui é uma startup, garota! — ela retrucou.

— Não, Rô... A questão é que Brenan tem funcionários o suficiente pra que façam *tudo* no lugar dele.

— O negócio, Nia, é que a gente precisa de algum grande projeto. Senão vamos quebrar! Brenan é um cliente antigo e telefonou essa semana, falando que soube da visita que recebemos da Receita Federal. Falou ainda que estava pensando em fazer uma proposta.

Eu definitivamente não estava gostando nada do rumo daquela conversa.

— Tudo bem, Rô. Os contratos são a sua área. Me desculpe pela intromissão e pelo atraso. Isso não vai se repetir. — Eu tentava atenuar todo aquele clima. Mas sobre uma coisa Brenan estava certo: eu reconsideraria aquele café. Até porque agora eu precisava averiguar essa história *na fonte*.

CAPÍTULO 22 » LIA

Vinha passando tanto tempo dentro do Ânima que chegava a ser estranho interagir com pessoas fora do mundo virtual. Ainda mais depois que venci a primeira prova do Torneio, minha vida passou a girar em torno de ser uma e-celebridade. Minha conta bancária, porém, discordava dessa informação.

Fato era que tinha sido fácil me acostumar com toda aquela atenção quando minha vida estava virada do avesso e sem rumo. Vida essa que me esperava cada vez que fazia logoff do metaverso. No mundo real, continuei sendo a menina desempregada e sem muita grana que veio almoçar com a amiga e que ninguém sabia quem era. Ou quase ninguém.

— Como você sabia que era eu naquela entrevista? — Essa foi uma das primeiras perguntas que fiz a Sam assim que chegamos ao restaurante.

— Você usou seu nome, ué. E convenhamos que seu avatar é bem parecido com você.

— Mas... ainda assim. Poderia ser qualquer pessoa usando meu nome e minha cara comum.

— Sei lá, Lia. Eu só sabia.

Samantha parecia desconfortável com o interrogatório, como se estivesse escondendo alguma informação. Resolvi não insistir, pois a última coisa que precisava era de mais estresse, ainda mais com uma pessoa que sempre me ajudou.

— Então me fala de você. Como andam as coisas?

— As mesmas de sempre. Da casa pro trabalho, do trabalho pra casa — ela respondeu, parecendo mais relaxada. — E você, como anda ocupando seu tempo, além de ganhar provas no Ânima?

— Tentando arrumar um emprego, já que essa vida de e-celebridade não anda rendendo muita grana.

Pensei em contar pra Sam a aparição do pássaro-câmera na minha janela, mas isso implicaria em falar sobre os Animalescos. Por mais que confiasse nela, não me sentia confortável em conversar sobre o Ânima em um ambiente público. Alguma coisa me dizia que não seria seguro. Chame de intuição, se quiser.

Escolhemos um restaurante perto do trabalho de Sam pra nos encontrarmos. Parecia uma eternidade desde a última vez que havia estado por aquelas bandas. Depois que fui demitida, tanta coisa aconteceu que eu me sentia vivendo uma outra vida — e, de certa forma, estava. Entrar no ônibus com Sam, o engarrafamento, nosso papo no café... Esses acontecimentos pareciam não me pertencer mais.

Enquanto conversávamos, comecei a experimentar uma sensação esquisita. Ao mesmo tempo que não sentia mais uma ligação com essa "outra vida", minha conexão com Samantha parecia mais forte, mesmo a gente não tendo mais o contato diário de antes. Ela parecia mudada de uma forma, digamos, enigmática.

Ainda havia ali resquícios daquela minha ex-colega de trabalho com quem me envolvi, mas, ao mesmo tempo, tinha algo mais. Ela parecia entender mais do que eu esperava quando eu falava sobre o Ânima e o Torneio (mesmo eu não tendo falado quase nada). O olhar dela dizia que ela *entendia*.

Eu queria fazer muitas perguntas, queria saber se eu estava viajando nessas percepções, mas nada saía da minha boca. Será que o Ânima estava me deixando louca? O que de diferente — e familiar — tinha em Sam?

Meus pensamentos foram interrompidos por uma agitação estranha no restaurante. As pessoas começaram a abandonar as mesas e correr de um lado pro outro, esbarrando umas nas outras. Não tive nem tempo de tentar entender o que estava acontecendo quando um pássaro de metal — igual àquele que bateu na minha janela — veio em minha direção.

Minha primeira reação foi me jogar debaixo da mesa e proteger o rosto, mas o bicho era pequeno e foi certeiro pra cima de mim. Aquilo já estava passando de todos os limites. Sentia que minha vida não me pertencia mais e que, uma vez integrante dos Animalescos, jamais circularia onde quer que fosse sem que alguém soubesse ou fosse atrás de mim. Isso era assustador.

Tapei os ouvidos com as mãos e tentei respirar fundo pra controlar a ansiedade e o medo que estava sentindo. Sem perceber, comecei a chorar.

Não sabia quanto tempo tinha ficado assim, mas pareceu uma eternidade. Uma hora olhei pro lado e vi Samantha acertar o bicho com um prato até ele cair. Ela se sentou ao meu lado e me abraçou enquanto eu soluçava, encolhida.

— Você tá tremendo. Calma, já acabou — ela disse, passando as mãos pelas minhas costas.

— Seu braço... — eu disse com um fio de voz. A blusa de Sam estava rasgada na altura do ombro, onde dava pra ver um machucado.

— Não foi nada. Se é pra gente se ferrar, que seja juntas.

Essa foi a última frase que ouvi; só lembro de arregalar os olhos e apagar. Quando dei por mim de novo, estava na sala do meu apartamento com Samantha ao meu lado.

Eu tinha muitas perguntas, mas o olhar dela deixava claro que não era um bom momento.

— A gente se encontra mais tarde. — Então ela apontou pro console do Ânima que estava perto da televisão.

 # CAPÍTULO 23 » VAGNER

O que Ted me contara foi uma possibilidade. Na verdade, nem ele mesmo tinha certeza da informação. Mas a suspeita era intrigante demais pra deixá-la de lado, não a levar a sério.

Ted tinha um cargo importante na CW. Portanto, estava do lado dos patrões. Principalmente de Brenan Cerqueira. Mas eu também tinha interesse em saber o que a *rádio peão* captava e espalhava, o que os funcionários fofocavam entre si. Todo empregado da CW, subordinado ou chefe, assinava um rigoroso contrato de confidencialidade. Nenhuma informação interna sobre a empresa poderia ser comentada no mundo exterior sem prévia autorização. Nem mesmo com parentes e amigos. O que podia custar o emprego, processos judiciais e ter a vida da pessoa transformada num inferno. Porém, nada que uma boa chantagem não pudesse resolver.

Foi aí que o bombadinho me revelara: gente dentro da CW e o próprio Brenan Cerqueira suspeitavam que Kelly Hashimoto disputava o Torneio como o avatar de uma das equipes!

Pensando bem, isso fazia sentido.

Que melhor lugar pra se esconder do que justamente no olho do furacão?

Até um leigo como eu (mas um leigo com informações privilegiadas) sabia que o Torneio era uma oportunidade pra CW faturar muita grana em poucos dias. Por ser um ambiente perfeito pra plantar ideias na cabeça das pessoas. De maneira intensiva, utilizava-se a cortina de fumaça do entretenimento, por meio das palavras do time de comentaristas oficiais das provas, anúncios publicitários e links direcionando pra sites, vídeos e podcasts específicos. O Torneio chamava a atenção de muitos, de milhões, desde velhinhas entediadas a hackers que faziam de tudo pra humilhar grandes corporações ou pra também faturar alto com seus golpes virtuais. Muitos funcionários da

CW consideravam que trabalhar nos bastidores do Torneio era algo excitante. E apenas os melhores eram recrutados pra mantê-lo na ativa, a contento do CEO.

E logo quem vi entrando no Mondo quando eu estava prestes a ir embora, depois do meu papinho com Ted?

Mesmo com minha experiência de agente, me abalei. Mas não o suficiente pra Brenan Cerqueira me notar.

A verdade foi que outras pessoas também ficaram chocadas ao vê-lo no cyber café. O deus Brenan descendo dos céus pra conviver com os reles mortais.

Mas o que significava a presença dele ali? E logo após minha conversa com Ted!

Minha vontade era de dar meia-volta e sondar a coisa toda. Só que, aí sim, isso poderia levantar suspeitas. Brenan poderia finalmente me notar. Gravar meu rosto. Acionar seus cães de guarda pra descobrir quem eu era.

Antes de sair porta afora, dei uma última olhada pro lado, em direção a Ted. Ele estava digitando, tenso, com o olhar fixo e assustado pra tela do notebook.

Quando Brenan passou por ele, o chefe apenas bateu no balcão, bem ao seu lado, com os nós dos dedos, como se batesse numa porta duas vezes. Foi um gesto sinistro.

Ted congelou os movimentos e arregalou os olhos.

Se alguém mais reconheceu o assessor de Brenan no cyber café, achou toda aquela cena estranhíssima.

Confesso que gostei de ver Ted sofrer.

Porém, aquela história tinha acabado ali, no momento em que Brenan foi se sentar numa mesa dos fundos? Seria mesmo tanta coincidência assim sua aparição? Ele realmente não sabia de nada sobre a chantagem, sobre mim?

Fui embora carregando essas dúvidas comigo.

Do lado de fora do Mondo, tinha um carro de luxo estacionado bem em frente, com homens de terno preto, de pé, na calçada.

Como agente, eu sabia que ninguém conseguiria chegar perto de Brenan se ele não quisesse. Com certeza, havia seguranças à paisana dentro do cyber café. Num intervalo de cinco minutos antes da chegada do CEO, eu tinha visto dois caras e uma mulher sentarem no balcão dos pedidos e em mesas diferentes. Os agasalhos sem graça deles os denunciaram; talvez não estivessem nem aí pra esse detalhe. Só liguei os pontos depois de Brenan aparecer.

Não houve perigo de ouvirem qualquer coisa da minha conversa com Ted. Já chegaram no final do nosso papo. Eu queria muito acreditar nisso.

CAPÍTULO 24 » NIARA

Cheguei no Mondo: o principal *point* de encontro pra gente metida a besta, ou melhor, *dev* metido a besta! Consegui localizar Brenan sentado numa mesa mais afastada, ao fundo do cyber café. Ele parecia puto. Um cara que devia ser seu subalterno levantou da mesa, encolhido, caminhando em direção à saída. Ele passou por mim e me encarou com surpresa. Fiquei me perguntando se eu o conhecia, mas dificilmente eu esquecia um rosto.

Devido ao estresse evidente do momento, decidi parar no balcão e pedir um suco. Não seria muito inteligente apertar a mente de Brenan depois de ele repreender um funcionário. Fiquei tamborilando os dedos no balcão, ensaiando uma música qualquer enquanto esperava e pensava em como tornar aquela situação um pouco menos bizarra.

Meu suco chegou, tomei um grande gole e uma péssima decisão: improvisar. Caminhei em direção à mesa com o copo na mão e me sentei.

— O que de tão interessante você teria pra falar comigo, Brenan?

— Boa tarde pra você também, Niara! Eu sabia que você reconsideraria o meu convite — ele respondeu com um ar vitorioso. — Mas não vou fazer rodeios: quero saber como anda a sua busca no Ânima.

— Por quê? Você tá preocupado com a concorrência? — respondi, me remexendo na cadeira, tentando disfarçar a ansiedade e a irritação. Diante da convocação dele, não era tão difícil supor que eu também entraria na busca. Mas o quanto ele sabia sobre a minha participação no Ânima?

— De maneira alguma... — ele disse, soltando um risinho sonso. — Eu me preocupo com o seu emprego, Niara. Investigações exigem tempo e energia... E, pelo que soube, as coisas não andam muito bem na Soluções Tech.

— Eu posso apostar que esse pente-fino tem dedo seu! — Tomei um gole do suco e tentei controlar a minha ira. Agora parecia tão óbvio!

Toda essa sensação de estar sendo vigiada e ele sempre por perto...

— Eu sou dono de uma grande empresa e gosto de checar a confiabilidade dos meus parceiros de negócios — ele respondeu no maior cinismo, tomando um gole do seu café.

— Você criou uma caça ao tesouro com a cabeça da minha namorada e acha que o passo mais inteligente a tomar é me enquadrar? Você deveria estar preocupado é com a mídia negativa. Dá pra sentir o cheiro do seu desespero de longe...

— Tenho dinheiro suficiente pra comprar a mídia e exigir um furo que me beneficie — ele respondeu com desdém. Mas acho que toquei na sua ferida, porque seu rosto ruborizou e ele ficou inquieto.

— Bom, saiba que nada que me envolva é problema seu! Eu não estou bem, mas vou ficar quando encontrar Kelly.

— Você está muito convicta de que vai encontrá-la.

— Me responda com sinceridade, Brenan: você acha que ainda tem alguma chance com Kelly?

— O que você está falando? — ele disse com uma expressão assustada.

— Eu sei do histórico de vocês. Nós duas não temos segredos... — Senti que o controle da situação era meu.

— Eu tenho negócios com Kelly que não te interessam, Niara. Nós somos *sócios,* você é apenas uma *dev.* São coisas grandes demais pra essa sua cabecinha...

— Quando eu a encontrar, nós saberemos quem tem uma mente pequena aqui! — respondi, me levantando e virando as costas. Mal sabia ele que eu já a havia encontrado...

Eu não conseguia me concentrar na prova. A conversa com Sofia, Samantha — ou, sei lá qual o nome verdadeiro dela — não saía da minha cabeça. Eu não tinha um minuto de paz!

Por ter vencido a primeira prova do Torneio, já sabia o que esperar da segunda fase, mas nem as vantagens da Sala de Recompensas foram suficientes pra me deixar confiante. A verdade era que eu me sentia mais perdida do que nunca.

Estávamos dentro de um enorme aquário, no fundo de um oceano azul. Ao nosso redor, toda uma fauna e flora marítimas.

Conforme as equipes se posicionavam no aquário, os avatares eram presos por correntes nas paredes de vidro. Precisaríamos desvendar um enigma pra nos soltar e passarmos pra semifinal; tudo isso em vinte minutos e três chances. Ah, e antes que o aquário se enchesse de água.

A sorte era que eu tinha todas essas explicações de antemão, pois não prestei atenção em nada do que aconteceu na abertura da prova. Depois de tudo o que aconteceu, me sentia burra por ter escolhido dividir minha vantagem com alguém em vez de ter mais informações só pra mim.

Não sei de onde tirei a ideia de que confiança e parceria me ajudariam em alguma coisa.

***

— Não leve tudo tão pro pessoal, Lia. Isso não é só sobre você. — Essa foi uma das primeiras frases que Sofia/Samantha conseguiu dizer depois de eu gritar, xingar e derrubar objetos.

Fui encontrá-la no Universo dela no Ânima na primeira oportunidade que tive. Estávamos sentadas na mureta de uma casa em ruínas, e pequenos robôs andavam pela rua.

— Como não? Você mentiu pra mim — respondi, sentindo a raiva me consumir, emoção essa que meu avatar reproduziu. — Eu não sei nem como devo te chamar. Sofia? Samantha? Ou um outro nome que eu nem tenho conhecimento?

— Eu sou a mesma pessoa que você conhece. Aquela que trabalhou do seu lado por dois anos.

— Você dividiu a cama comigo e achou que eu não merecia saber do seu segredinho?

— Eu só queria te proteger...

Nossa conversa girou em círculos por um bom tempo. Eu me sentindo traída e ela tentando se justificar. Eu não estava preparada pra lidar com mais esse baque na loucura que se transformara minha vida.

— É, mas seu silêncio me fez entrar nessa competição maldita, nesse grupo que eu já nem sei mais o que quer e ainda ser perseguida por uma porcaria de uma câmera querendo me vigiar.

— Eles só estão testando sua fidelidade — disse Sofia. Era assim que eu a chamaria agora. Samantha não existia mais.

— Como eu vou querer ser leal a um grupo que não confia em mim?

— Eles só querem ter certeza de que podem confiar em você.

— Então prova que eu posso confiar em vocês. Me conta alguma coisa que eu não sei.

Sofia respirou fundo e ponderou se deveria ou não falar alguma coisa.

— Tem como controlar os bugs dentro do metaverso.

— Peraí, foram os Animalescos que criaram os bugs?

— Não criaram, mas aprenderam a se aproveitar deles — respondeu. — Pronto. Agora vamos gastar nossas energias no que interessa.

— Não me diga o que fazer.

Ela suspirou e se afastou. Eu queria perguntar um monte de coisas, ter minha amiga e meu apoio de volta, mas eu não daria o braço a torcer assim tão fácil.

***

O Ânima é um metaverso que está aberto para ser o que cada usuário quiser. A criação é livre, mas os resultados não são infinitos. É preciso fazer escolhas, seguir caminhos. E tem uma característica que não pode faltar para quem deseja sobreviver num mundo em que todos têm o poder, mas ninguém tem o controle. Qual é ela?

O tempo estava passando e nada de eu pensar em uma resposta pro enigma. *Respira, Lia*, repetia pra mim mesma. Meus companheiros de equipe também não pareciam ter muita ideia do que fazer; ninguém havia descoberto a resposta ainda. Sorte que a gente havia ganhado um tempo maior de prova, já que venci a primeira etapa.

Sofia estava bem de frente pra mim e desviava o olhar cada vez que eu a encarava. Eu não conseguia confiar mais nela e acho que ela não me reconhecia mais.

O Ânima, os Animalescos, tudo parecia ter nos levado a uma encruzilhada em que seguíamos por caminhos diferentes. Ela dizia que me ajudaria a entender como os Animalescos funcionavam pra tirar o melhor proveito do grupo.

— Sem mais segredos, prometo.

— Eu não consigo mais confiar em você.

— Nada mudou, Lia! Pelo contrário, agora temos mais uma coisa que nos une. Você só precisa se adaptar e dançar conforme a música.

— Me diga uma coisa: a minha entrada nesse grupo foi somente coincidência?

O silêncio respondeu por ela.

— Como eu disse: estou aqui pra ajudar. Sempre.

Ela tentou pegar na minha mão, mas eu me afastei e fui embora do mundo dela sem me despedir.

Sacudi a cabeça pra afastar os pensamentos e focar minha energia na prova. Meu movimento parecia ter chamado a atenção de Beto, que não parava de me olhar. Esse cara era estranho mesmo!

Ativei o módulo de proteção — outro presente pela minha vitória na primeira fase. Ele criava uma redoma, não permitindo que meus colegas vissem o que quer que eu estivesse fazendo. Aproveitei esse momento de privacidade pra anotar várias palavras que poderiam se encaixar no enigma, mas nenhuma parecia uma resposta satisfatória. Tentei duas e não eram as certas. Só me restava mais uma chance.

A água estava chegando em nossas coxas. Minha dificuldade em solucionar o enigma me fazia questionar se tinha agido certo ao não dividir com Sofia as informações que a Sala de Recompensas me revelou. Meu orgulho seria minha ruína?

A prova já tinha sido vencida por um competidor da equipe vermelha, o primeiro a digitar a resposta do enigma, libertar-se das correntes e pegar um elevador de vidro que o levou até a superfície.

Mas ainda havia a chance dos demais se classificarem pra próxima etapa.

De repente, vi Alex se desprender, o primeiro da nossa equipe. Pouco tempo depois, foi a vez de Douglas se soltar e ir embora. Em seguida, seus nomes surgiram no placar como classificados.

A água avançou mais e comecei a perder as esperanças de que conseguiria completar aquela prova.

Sofia: Está perto de achar a solução?

Recebi essa mensagem pelo canal de comunicação dos Animalescos. Essa menina era muito boa ou uma psicopata? Porque não é possível que ainda tentasse falar comigo!

Sofia: Eu não vou desistir de você assim tão fácil, Lia.

Lia F.: Então você é muito trouxa!

Sofia: Se querer te ajudar é ser trouxa, então que seja. Mas ainda acho que essa sua teimosia não te traz nada de bom. E vou te provar que estou do seu lado.

Deixei a última mensagem sem resposta. Logo depois, chegou outra de Sofia. Era apenas uma palavra. A solução do enigma. Preenchi o campo.

As correntes se soltaram ao mesmo tempo em que desativei meu escudo de proteção.

Antes mesmo de meu nome aparecer no placar, ouvimos uma voz feminina:

Sofia, você foi desclassificada por esgotar as três tentativas.

Olhei pra ela sem entender nada. Ela deu um leve sorriso.

Meu avatar deixou o aquário.

Nova mensagem no chat dos Animalescos.

Sofia: Como eu disse, eu só quero te ajudar. Sua confiança em mim e no grupo é mais importante do que ganhar esse Torneio.

Eu deveria agradecer, mas só conseguia sentir raiva. Ela queria posar de boa amiga e jogar esse papo de trabalho em equipe. Mas eu não via as coisas assim: só estava nos Animalescos como um meio de chegar a um fim. Não queria brincar de turminha.

Assim que meu nome apareceu no placar, fiz logoff do Ânima.

Aquela água toda ao meu redor parecia muito real.

Confesso que, a partir de certo momento, fiquei meio ansioso, perdido, com o coração acelerado. Os Ratos até ficaram preocupados com as oscilações dos meus sinais vitais.

Prender a gente naquela caixa de vidro, naquele aquário, foi uma ideia sádica. Pelo menos, todos os peixes estavam do lado de fora.

Eu não era claustrofóbico nem nada, mas o desespero estava literalmente batendo nas canelas. Afinal, a água do mar subia rapidamente ali dentro.

O que me salvava de ter um chilique era sentir, às vezes, o cheiro forte dos produtos de limpeza vindo do chão do laboratório. A âncora que me ligava à realidade.

Enquanto sofria todo esse perrengue, tentava solucionar o enigma. Mas o pancadão do forroton, a música oficial da prova, ficava martelando na minha cabeça.

Sempre fui bom em criar e desvendar enigmas, como você percebeu. Logo lembrei do velho Clodô. De sua mania em transmitir suas obsessões pra seus *meninos*, meus irmãos e irmãs de rua.

Só que, naquela hora, eu sentia um bloqueio bizarro no meu raciocínio. Mas eu não estava bêbado nem sob o efeito de outras drogas ou remédios. Não estava com sono. Não estava pensando em um monte de contas pra pagar.

— *Agente Vargas! Acalme-se* — disse o Rato-mor, no meu ouvido. — *Respire fundo. Lembre-se da técnica que te ensinamos.*

Minha vontade era de dizer: *Cala a boca, desgraça!*

Lá ia eu de novo. A me desestabilizar, como tinha feito durante a queda livre no início daquela maldita missão. Mas o estranho era que agora eu estava paradinho, em terra firme. Mesmo que fosse no fundo do oceano. A mistura de batidas eletrônicas, triângulo e zabumba, num ritmo acelerado, só complicava minha confusão mental.

Eu olhava pro painel em neon flutuando na minha frente com os dizeres do enigma. Aquilo parecia grego pra mim.

"Ânima", "metaverso", "fazer escolhas", "para quem desejar sobreviver", "todos têm o poder", "ninguém tem o controle". Vez ou outra, ficava repetindo baixinho tais trechos.

— *Agente Vargas, você sabe que não podemos te ajudar* — a super tinha soltado logo no início da prova. — *Estamos trabalhando em cooperação com a CW. Isso seria uma violação das regras do Torneio. Os imbecis deixaram isso bem claro. Mesmo quando estamos correndo contra o tempo.*

A resposta tinha que ser dita em uma palavra. E eu sabia que não era das mais difíceis. Na verdade, devia ser uma palavrinha malandra, que gostava de tirar sarro de sua cara, de ficar sambando na sua cabeça. Era daquelas palavras que, uma vez esgotado o tempo e finalmente revelada, você fica puto, perguntando-se por que não tinha pensado nela antes. Era até meio óbvio.

Mas minha concentração estava um horror. E ficou pior ainda depois que os escrotos do Alex e, não demorou muito, do Doug digitaram a palavra no painel holográfico deles e conseguiram se soltar. Em seguida, atravessaram a água, batendo nas coxas, e foram levados pra superfície por um elevador envidraçado.

Vencer a prova não era mais uma possibilidade. Mas eu precisava seguir adiante no Torneio!

Não queria admitir que precisava de ajuda. A super e o Rato-mor estavam imobilizados pela burocracia. Comecei a achar que Ted não tinha amor pela própria vida. E até mesmo o grupo de Lia e Doug sumiu do mapa.

A água continuou a subir.

O chiptron atrás da minha orelha tornava a sensação de molhado bem realista.

Olhei pro lado.

Dona Lia estava paradona, aérea, voltada pra Sofia. Hum. Estranho.

Na véspera daquela segunda prova, contrariando as ordens da super, decidi fazer minha própria investigação.

Eu comia um sanduíche de pernil, num bar perto de casa, quando meu drone-fantasma emitiu um sinal e mostrou imagens em meu celular. Lia tinha saído do seu apartamento. Engoli o resto da comida, paguei a conta e me piquei. Da Boca do Rio à Federação, de carro, não demoraria mais do que trinta minutos pra chegar ao endereço, mesmo com o trânsito chato daquela hora.

Desobedecer ordens não era algo que eu curtisse muito. O segredo de um agente era manter-se na linha e aproveitar quando surgissem brechas, oportunidades que podiam nos beneficiar de alguma forma. Claro que nem sempre eu tinha paciência pra esperar que o acaso me favorecesse. Criar sua própria sorte era outra lição que o velho Clodô me ensinara.

Mas, no caso de Lia, eu tinha plena consciência de que estava passando dos limites.

Essa brecha podia se tornar um buraco fundo o bastante pra me engolir.

Parei o carro duas ruas antes do prédio da sonsa. Coloquei óculos escuros, boné e luvas cirúrgicas da cor da minha pele.

Segui o resto do caminho na paleta, levando no bolso da calça um aparelhinho que embaralhava imagens de câmeras, drones (exceto o meu), celulares e afins, à medida que eu passava.

Entrei no prédio de Lia pela frente mesmo, teclando, na portaria sem ninguém, a própria senha dela, captada pelo drone-fantasma.

Onde você escondia seus podres, Lia?

De volta à prova debaixo d'água, vi algo que não estava acreditando.

Lia estava envolta numa bolha translúcida! Não dava pra enxergar direito o que acontecia lá dentro. E, não demorou muito, a bolha se desfez. Lia já estava solta das amarras!

Ela passou por mim sem me dar qualquer atenção, sequer um olharzinho sarcástico.

Logo depois a voz feminina da anfitriã tinha declarado Sofia como desclassificada por ter digitado a resposta errada pela terceira vez.

Minha intuição dizia que ali tinha coisa.

Nunca achei que fazia muito sentido essa história de formar equipes, em estimular a cooperação entre os competidores. Aquilo era uma mentira na qual os participantes escolhiam acreditar até certo ponto. Na prática, era o bom e velho cada um por si.

Eu tinha pleno conhecimento de que, apesar das provas serem transmitidas ao vivo, havia um *delay* de dois segundos pra eventuais edições de som e imagem em trechos controversos durante o Torneio. Uma boa parte dos recursos da CW era voltada pra isso, com times de programadores dedicados a corrigir tais *falhas*, auxiliados por uma inteligência artificial criada pra essa função.

Depois da primeira prova, quando voltei pro mundo real, fui no canal da CW no Mytube e avancei a gravação oficial até os minutos finais. Lá estava o rolo envolvendo Lia, Sofia, Alex e Doug, montados nos dinossauros voadores. Tudo fora devidamente editado. Dois segundos cortados aqui, cortados ali, o aumento da música de fundo pra abafar trechos dos diálogos. Eu testemunhara a cena de longe, dentro da montanha, e achei aquela movimentação suspeitíssima.

O mesmo se dera naquele momento, no aquário, com Sofia e Lia.

Pra piorar minha situação, a tal Sininho se soltou das amarras ao meu lado.

Ela olhou pra mim, sorriu, piscou e caiu fora. Miséra.

Ver Lia, Sininho e Sofia saindo em direção ao elevador de vidro, com a água batendo na cintura de todo mundo, foi algo desesperador. Sou treinado pra ter sangue frio, mas peraí também! E alguém, por favor, podia desligar essa música agitada, que só fazia meu coração acelerar e minha cabeça doer? Toda aquela confusão de sons me irritava. Se eu pudesse controlar sozinho meu avatar, apertaria a tecla *mute* de boa. Mas nem o Rato-mor nem a super permitiriam.

Foi aí que, pra meu espanto, ouvi a risada do velho Clodô. Sonora, expansiva.

Pronto. Além de desesperado, agora eu estava ficando maluco.

"Se aprume, moleque!"

O que estava acontecendo? Era assim que ele falava comigo quando me pegava num momento de fraqueza.

"Gente como você e eu não se dá ao luxo de chorar."

De repente, não acreditei no que estava bem na minha frente.

A figura pixelada do velho Clodô com sua pele negra, o paletó cinza, a barba grisalha e o olhar penetrante.

Ele estava com água até o peito, assim como eu.

Ô frio da porra!

"Lia, moleque. A resposta é Lia. A chave é Lia."

O que aquele velho estava falando?

Na verdade, ele não falava nada. Sua boca não se mexia.

Quando fui ao apartamento de Lia, usei uma chave de esqueleto pra abrir a porta. O drone-fantasma tinha me informado a respeito, o que achei bizarro. Tão simples de entrar. Mesmo pessoas sem muita grana investiam em trancas reforçadas e teclados de senha. Afinal, elas queriam proteger os poucos pertences que possuíam.

Eu não sabia quanto tempo tinha pra minha sondagem. Segundo o relatório do Campo, depois que Lia ficou desempregada, sua rotina foi pro espaço, e ela ficava bastante tempo em casa. Mas acabava saindo pra comer alguma coisa barata e possivelmente se encontrava com outras pessoas. Mas quem?

Ao decidir apertar o cerco sobre Lia no mundo real, precisei fazer uma escolha, por ter uma janela de ação tão reduzida. Segui-la ou vasculhar seu apartamento?

Eu precisava ser rápido e também cauteloso. Fazer leituras em infravermelho pela quitinete seria tranquilo. Mas mexer em tudo e colocar de volta no lugar, como se eu nunca tivesse pisado ali, seria mais difícil, mesmo o apartamento sendo pequeno. O problema era que estava desarrumado. Eu tinha que preservar a bagunça.

Eu queria provar que todos estavam errados sobre Lia: a super, o Campo, o Ministério de Assuntos Estratégicos inteiro. Não iam gostar nada da minha insubordinação. Mas o que eu levaria pra eles seria muito mais importante.

A ordem que eu tinha recebido era pra ficar em casa, descansando, até o retorno ao Ânima, pra segunda prova do Torneio.

A verdade era que nossos supervisores não tinham muito como nos conter em coleiras. Havia um chip implantado na perna de cada agente. Nossa localização era sempre conhecida. Mas conseguíamos burlar essa vigilância com a ajuda de hackers freelas de confiança. Então, podíamos falsificar roteiros, enviando o rastreamento pra destinos em que não estávamos. Nossos superiores sabiam disso e fingiam que tudo estava sob o controle deles. O importante mesmo era que nenhum agente causasse uma crise séria, daquelas que chegasse aos ouvidos do diretor do Campo, e muito menos aos do ministro. Todo o resto era aceitável, contornável.

"Se concentre, moleque!"

O olhar duro e o sorriso malicioso do velho Clodô era o que eu mais temia na época de menino.

O avatar dele estava me olhando do mesmo jeito.

Ambos estávamos com água até o pescoço.

"Por que Lia é a resposta?" A voz do velho retumbava nos meus ouvidos.

— Porque ela é uma sobrevivente, assim como eu — falei baixinho.

— *O que disse, agente Vargas?* — perguntou o Rato-Mor. Eu o ignorei.

"Por que Lia é a chave?"

— Porque eu também sou a chave.

— *Agente Vargas?* — O Rato-mor mais uma vez.

Silêncio.

"Qual é a resposta pro enigma, moleque?"

Foi então que a palavra veio. Quase a disse em voz alta, o que provocaria minha eliminação da prova.

Fechei a boca com tanta força que funguei e espalhei a água que molhava meu queixo.

Tirei o braço de dentro d'água e o ergui o mais alto que pude, pra digitar a resposta no painel holográfico: *adaptação*.

Senti as amarras liberarem meu corpo debaixo d'água.

Olhei pra frente.

O rosto pixelado do velho Clodô mostrou uma serenidade que eu nunca tinha visto antes.

"Muito bem, Vavá."

O nível da água começou a diminuir.

Mas aquela vitória teve um gosto amargo. O grito de um desesperado. O último na fila do pão.

O pior foi que imediatamente me lembrei de Lia, da minha sondagem de mais de uma hora em seu apartamento. Da busca milimétrica, procurando dentro de livros, pastas de acrílico, caixas, prateleiras, potes, casacos, calças, vestidos, cesto de roupa suja, plantas, atrás dos dois únicos quadros pendurados, debaixo da cama, dos lençóis, de enfeites e bugigangas em cima da mesa da sala e por aí vai. Nenhum cantinho, vão ou buraco secreto no piso, nas paredes, no colchão ou nos armários. Nada. Nem sinal de qualquer coisa física, palpável, comprometedora, nem mesmo uma pista que levasse a algo, a alguém, a algum lugar.

Voltei pra rua tão abatido que perdi até o foco, a concentração. Quase fui embora sem recolher o drone-fantasma.

Acionei seu retorno e ele veio voando até mim. Pousou no teto do carro. Era uma coisinha de corpo circular todo preto. Suas hélices ao redor do corpinho bojudo pararam de girar e logo se transformaram em patinhas. O drone entrou pela janela aberta do motorista como se fosse minha aranha de estimação.

Um aquário no fundo do mar, os competidores presos por correntes, um cronômetro de LED em contagem regressiva e a água subindo.

A roupa da prova simulava um traje de mergulho nas cores azul-marinho e azul-claro. Por causa do chiclete de sensibilidade, eu podia sentir a pressão na cabeça. Era como se estivéssemos embalados a vácuo, o que provocava um certo formigamento. Paralelamente, as minhas extremidades começaram a gelar muito, simulando o aumento da umidade no ambiente, ou seja: o verdadeiro sabor do surto.

Enquanto encarava o cronômetro, eu me questionava o quão irônico foi Alex ter me perguntado, ainda no vestiário, se eu gostava de charadas. Ele tentou se entrosar dizendo que era muito comum enigmas acontecerem nessa etapa do Torneio. E que, de uma edição pra outra, só havia mudança de Universo, ou do nível de dificuldade da pergunta. Na hora achei tudo muito aleatório e respondi sem dar tanta importância. Mas agora me sentia meio otária, já que quase todo mundo da nossa equipe se soltou, restando apenas eu e o velho Beto com aquela água na cintura.

Pra piorar, eu ainda estava processando a última mensagem da minha namorada através da brecha no sistema: "Vai me encontrar primeiro aqui no Ânima ou lá fora?". Eu já havia contado sobre todo o fuzuê que Brenan causou na Soluções Tech, mas isso não facilitava em nada a minha vida. *Quantas outras versões de mim eu teria que criar pra te encontrar, Kelly?*, pensei em responder, depois que saísse dali.

Logo após essa divagação, quase como uma epifania, pensei na resposta e digitei "adaptação" no teclado virtual. Então as correntes que me seguravam abriram, liberando meus pulsos e tornozelos. Isso me fez rir feito uma criança e acho quem, na euforia, até pisquei pro *noob* do Beto. Nadei até a lateral do tanque e peguei o elevador transparente. Depois, deixei o grande aquário pra trás e subi até a superfície.

Lá em cima, me posicionei ao lado dos outros membros da equipe e ainda pude ver Alex sorrindo pra mim, o cabelo castanho e ondulado tremulou na parte humana do rosto. Lembrei que Kelly também amava charadas... *Peraí, existe alguma chance de Alex ser o avatar da Kelly?* Eu encarei com cautela o Alex sorridente e faceiro. A mensagem *dela* ainda no canto da tela, sem resposta. Digitei pra ela: "Soprar dicas da prova não viola os termos do torneio, Kelly Hashimoto?". Quase que automaticamente ela respondeu: "Não, se a dica for óbvia ;)". Ela estava debaixo do meu nariz esse tempo todo!!!

CAPÍTULO 28 » LIA

Eu estava no meu limite. Toda essa vigilância, a descoberta da identidade de Sofia, o controle dos bugs pelos Animalescos... Era demais pra mim. Estava mais do que na hora de marcar meu lugar e ter respostas. Como somente Doug e eu do nosso grupo estavam na semifinal do Torneio (Solano e Marcos também foram eliminados em seus Universos), eu merecia isso.

— Por que eu estou sendo perseguida e ameaçada? — perguntei pra Marcos. Queria ver se a resposta dele seria o mesmo papinho de Sofia.

Ele pareceu ponderar se deveria ou não me responder e falou de forma tranquila:

— O pássaro com a câmera foi uma forma de testar sua fidelidade. Se você fizesse algum tipo de denúncia e acabasse contando que era parte dos Animalescos, já saberíamos que não era uma pessoa confiável.

— Um risco muito grande, não acha? Afinal, como Douglas sempre faz questão de deixar claro, sou novata aqui.

— A gente sabe muito sobre você, Lia. Seria fácil conter os danos.

— Achei que vocês fossem contra a "tirania digital", como espalham por aí.

— Só é possível quebrar um sistema implodindo-o por dentro.

— Então é isso que vocês querem? Controle do Ânima pra ter acesso aos dados dos usuários?

O silêncio de Marcos disse mais do que qualquer resposta. Era chegada a hora de conseguir alguma vantagem.

Doug estava muito estranho de tão quieto, sentado numa cadeira, de costas pra nós.

— Diante de tudo isso, eu tenho uma demanda — falei de forma pausada. — Quero comandar esta célula dos Animalescos.

Douglas levantou da cadeira e começou a dizer um monte de impropérios pra mim. Esperei ele terminar o show e continuei:

— Com todos os outros integrantes fora do Torneio, por motivos óbvios, eu não confio nesse aí... — Apontei pra Doug. — ...pra estar à frente de nenhuma estratégia que o grupo venha a tomar. Ou é isso, ou eu tô fora. E não adianta vir com ameaças.

— Isso é inadmissível! — bradou Doug.

— É um pedido coerente — interveio Marcos.

— Eu não fundei esse grupo e coloquei você no comando pra agora criar asinhas e me trair — disse Doug pra Marcos. — Não dá pra se confiar em ninguém mesmo.

— Você pode ter criado o grupo, Douglas, mas eu aceitei fazer parte com a condição de que teria voz ativa. Que seria o seu lado racional. E, usando esse lado, acho que Lia tem razão. — Ele esperou alguma resposta de Doug, que se manteve em silêncio. Mas, pela maneira com que segurava no braço da cadeira, devia estar usando toda sua força pra controlar a raiva.

Eu estava tonta com tanta informação, mas não tinha tempo de pensar sobre nada daquilo no momento. Não até me sentir mais segura da minha posição.

— Mas como sei que isso não é uma estratégia pra destruir o grupo? — Marcos perguntou pra mim.

— Você não sabe. Mas por que está com tanto medinho? Vocês não disseram que podem acabar comigo?

— Muito bem, então. A partir de agora, Lia está no comando do grupo e terá a palavra final em todas as decisões.

Não achei que fosse ser tão fácil assim. Mas, pelo visto, Marcos só devia estar esperando uma oportunidade pra colocar Doug no lugar dele.

Enquanto Marcos me declarava a nova chefe, Sofia e Solano entraram na sala e só reparei na cara de espanto dela. Fiz questão de aumentar meu sorriso de satisfação. Estava segura por fora, embora, por dentro, não tivesse total ideia no que estava me metendo. Mas eu não tinha mais nada a perder mesmo.

— Isso é culpa sua — rosnou Doug pra Sofia, enquanto eu apertava a mão de Marcos pra selar nosso acordo. — Se não tivesse insistido em incluir *essa aí* no grupo, a gente não estaria nessa situação ridícula.

— Agora não, Douglas.

— Virando as costas pro seu próprio irmão por uma qualquer?

— Oxente, quê? É assim que espera que eu confie em você, Sofia? E essa história de mais nenhum segredo?

— Você acha mesmo que minha irmã gosta de você, garota?

— Chega, vocês dois! Não percebem que estão estragando tudo? A gente precisa se unir como grupo e não brigar — falou Sofia, olhando pra mim e Doug. — Não foi assim que imaginei que seria.

— Onde você entra nessa história toda? — perguntei a Solano.

— Sou só um amigo tentando ajudar.

— Olha, vocês todos estão de parabéns, viu? — eu disse, batendo palmas devagar. — Mais algum segredo que eu deva saber agora que estou no comando? Ou vocês só respondem a ameaças?

Estava fazendo um esforço sobre-humano pra manter a postura, mas minha cabeça estava um caos. Tudo o que eu queria era sair correndo, mas jamais daria esse gostinho a eles. Não quando já tinha chegado tão longe. Eu sabia que não tinha mais volta; agora era mergulhar de cabeça e usar meu recém-adquirido poder pra melhorar minha vida de vez.

CAPÍTULO 29 » VAGNER

Depois daquela segunda prova no Torneio, saí do Ânima uma pessoa diferente. Não tive nenhuma revelação espiritual ou coisa do tipo. Mas sim um choque de realidade.

O acúmulo de incertezas e o desgaste mental fizeram minhas pernas vacilarem quando me levantei da cadeira no laboratório. Dessa vez, os Ratos tiveram que me segurar por alguns minutos pra eu não me esborrachar no chão. Foi humilhante. Eu estava em pior estado do que ao sofrer todo aquele estresse após a queda livre, sem paraquedas.

Ver a imagem pixelada do velho Clodô tinha me abalado pra valer.

A questão era que a sombra dele sempre me atormentava. Mesmo sem vê-lo ou ter notícias suas fazia mais de vinte anos.

Como ele estava? Vivo? Morto? Estava bem? Estava mal? Perguntas que já fiz muitas vezes.

O Ânima sacudia esqueletos no armário.

O que doutora Carla, minha antiga terapeuta, diria sobre isso?

Pois é. Eu era um mentiroso contumaz que tentava, na medida do possível, dizer a verdade, ser sincero, durante aquelas sessões.

— Vagner, você precisa superar a culpa que sente em relação a Clodoaldo. Era ele quem devia te dizer "me perdoe", e não o contrário.

Ela estava certa. Mas, que merda, falar era fácil.

Ainda lembro do dia que cheguei a Salvador. Um menino de dez anos, vindo do interior, sozinho, sem conhecer ninguém, sem ter pra onde ir, carregando apenas uma mochila jeans surrada. Depois de algumas caronas, de passar frio, sede e fome, de ser ajudado por um ou outro, e de tantos tentarem me explorar pelo caminho.

Meus pais eram pessoas boas, mas muito tristes. Minha mãe tinha perdido a fé em Deus a pulso. O sofrimento constante a transformou numa descrente convicta. E assim fora-se também o vigor. A bondade de meu pai se dava por meio de pequenos gestos. Era um homem afetuoso. Só que ele acabou ficando cada vez mais calado e distante. No final, a apatia os abateu. Os dois só tinham a oferecer aos três filhos e duas filhas enxadas pra arar uma terra arrasada, um casebre miserável e uns poucos animais magros pra cuidar. Então meu irmão mais velho fugiu de casa. Um ano depois, foi minha vez. Nunca mais tive notícias da minha família.

Uma tarde, já em Salvador, eu estava encostado no muro da Escola de Engenharia, na avenida Joana Angélica. Minha barriga roncava e eu tentava não dormir, na sombra. Não queria ninguém mexendo comigo. Mas, de repente, uma menina mais preta do que eu, de uns cinco anos, surgiu do nada e me ofereceu uma maçã. "Pra você." Mesmo assustado, puxei a maçã de sua mão e a comi sofregamente. A menina atravessou a rua às pressas e foi se juntar a um homem e outras crianças. Foi aí que vi pela primeira vez a figura do velho Clodô.

Como superar a lembrança de alguém que me manteve vivo, cuidou de mim, me ensinou a sobreviver, mas que, ao mesmo tempo, era a pior pessoa possível em momentos de crise, de fúria, de bebedeira?

E ele comia água mesmo. Cada vez mais, ao longo dos anos.

Nos últimos tempos em que vivi com ele, começou a perder a memória. Ficava aéreo nas ruas, vulnerável, precisando ainda mais da ajuda dos seus meninos pra não se perder, não se machucar.

Até o dia em que meus irmãos e irmãs de rua decidiram, aos poucos, abandoná-lo. Saíam em busca de grana e comida e nunca mais voltavam. Os mais velhos consideravam que já tinham aprendido o suficiente com o Barba, como todos o conheciam. Apenas eu o chamava de velho Clodô, dentro da minha cabeça. Os mais novos também se foram, não tinham mais o que absorver dele naquele estado.

No final, restaram apenas o velho Clodô e eu. O bêbado e quem lhe trazia a cachaça. Por que eu continuava ao lado dele? Eu não sabia a resposta na época. E continuo sem saber até hoje. Mas meu momento de deixá-lo pra trás também chegou. Fui embora durante a madrugada, levando apenas minha mochila jeans surrada. Ele roncava alto de tão bêbado. O saco de dormir encostado num paredão de baixo do viaduto do Politeama.

Nunca mais o encontrei. Tempos depois, eu passava, sempre a caminho de algum lugar, por alguns pontos onde a gente costumava ficar pra dormir, pedir uma grana ou comida, conseguir um bico ou praticar um furto.

Eu já era um agente quando resolvi, depois de muita hesitação, sondar seu paradeiro. Não consegui encontrá-lo. Nem ter informações concretas. Algumas pessoas se lembravam dele vagamente, com boas recordações, raiva ou pena. Não dava pra confiar nas versões sobre o desaparecimento ou a morte do Barba.

O fato de ter sido um desconectado ferrenho, sem identidade formal, dificultava as coisas. A única pessoa que o chamava de Clodoaldo era dona Matilde. Uma viúva que morava sozinha e às vezes nos abrigava, nos alimentava, deixava a gente ver televisão, enquanto se trancava no quarto com o velho Clodô. Tentei me lembrar da localização da casa, fui à sua procura no Barbalho. Até que encontrei o lugar. Mas os atuais moradores me informaram que a casa fora comprada fazia tempo, após a morte da antiga proprietária. O que pude confirmar depois em nossos sistemas.

É claro que especulei bastante sobre a vida pregressa do velho Clodô. Isso também fazia parte da lenda. Diziam tantas coisas a seu respeito. Mas na minha cabeça de adulto, em retrospecto, perdendo até noites ao pensar sobre o assunto, tive certeza de que ele era um cara estudado, não um autodidata apenas, mas alguém que tivera boas oportunidades na vida. Era só observar com mais atenção. A fala articulada, a presença firme, os livros que ganhava, roubava, lia e vendia, o paletó e as camisas sociais, que gostava de manter limpos. Um acontecimento muito sério tinha ferrado com a cabeça do velho Clodô e eu nunca soube a razão.

A vida na rua era dura. Por isso o misto de proteção e exploração do velho Clodô era um alento praqueles meninos e meninas, perto de tantas desgraças ao nosso redor.

O que eu mais queria, depois de deixá-lo, era sair das ruas. Acabei trocando a liberdade e a instabilidade de antes por teto e comida garantidos em qualquer lugar. Sofri humilhações, abusos e violência. Trabalhei feito um burro de carga. Mas também enganei tanta gente. Falei até "eu te amo" pra pessoa que mais me estendeu a mão. Assim, tive a possibilidade de me dedicar aos estudos, de terminar a escola. E, finalmente, de passar nos testes e avaliações pra ser agente de campo no Ministério de Assuntos Estratégicos. Minha maior conquista se tornou a grande decepção de quem mais me apoiou. Então eu ganharia a vida espionando os outros. Que horror! Só me restou dizer "obrigado" e ir embora.

A imagem do velho Clodô transformou-se num fantasma, um tormento que passou a atacar meu juízo.

E agora esse maldito metaverso o trazia de volta com tudo.

CAPÍTULO 30 » **NIARA**

Eu estava exausta. A última prova tinha acabado havia pelo menos três horas e eu ainda estava na Arena, olhando o ranking com Kell... quer dizer, Alex! Toda aquela adrenalina e tensão sugaram a minha energia. Enquanto minha avatar parecia firme, do lado de fora eu estava jogada no sofá, ainda tentando processar tudo.

Mesmo cansada, não sei se poderia dormir, diante do que descobri. Sem contar que estar ali com *ela* era muito mais interessante do que acordar e dar de cara com o lacaio de Brenan, na Soluções Tech. Isso era uma outra demanda, pra qual eu precisava de uma estratégia melhor pra resolver. Por falar em estratégia, dá pra acreditar que o bendito aquário eliminou quase dois terços dos competidores, e a semifinal se aproximava?

Pra mim era meio louco ter ido tão longe no Torneio. Mas também não vou fingir que, durante esse tempo em que estive checando o placar, não pedi dicas pra... Alex. Ainda que, na maior parte do tempo, tenhamos tagarelado bastante. Era muito bom ter um contato mais próximo, além da brecha, onde era tudo muito calculado. Mas a gente também não podia dar mole... Afinal, tinha muita gente querendo a cabeça dela. Então focávamos em falar trivialidades. Isso ajudava com as saudades, mas não me fazia pensar menos em como encontrá-la fora do Ânima, no mundo real.

E essa vontade já estava me corroendo por dentro.

— Podíamos tomar um café fora daqui. Discutir nossas chances no Torneio! — arrisquei.

— Não sei se é o momento, Sininho... — ela respondeu, desconfiada.

Como assim não é o momento, considerando que eu quase morri virtualmente, afogada, e, desde que você resolveu SUMIR, eu não faço outra coisa a não ser cálculos malucos?, tive vontade de perguntar. Mas apenas suspirei.

Coincidência ou não, chegou uma mensagem de Amin. Desde que as coisas viraram de ponta-cabeça dentro do Ânima, diminuímos a frequência das mensagens. Geralmente trocávamos ideia depois das provas... No boletim da vez, ele me avisou que se classificou por pouco e que talvez nos encontrássemos na semifinal, já que a próxima fase costumava colocar os competidores no mesmo Universo.

Respondi "mal posso esperar pra eliminá-lo!". Ele retrucou com "vai sonhando, novata!". Na sequência, chegou uma nova mensagem da brecha. O que me fez pensar se eu não estava doida, considerando que a criatura estava bem ali ao meu lado, na Arena.

"Estão tentando hackear o meu sistema."

"Muda o canal", respondi.

"Talvez eu tenha que sair do torneio. Se cuida!"

"Como assim?"

A brecha fechou e todo o meu aparelho apagou sozinho. O Ânima reiniciou.

CAPÍTULO 31 » **NIARA**

Aquele cara já estava na sala de Rosana havia uns trinta minutos. Àquela altura do campeonato, não me restavam dúvidas de que ele viera fazer o trabalho sujo por Brenan. Era quase impossível controlar minha ansiedade, sabendo que ele me encarou no Mondo em um dia e agora estava numa reunião com a minha chefe.

Eu não estava conseguindo dar conta de nenhuma demanda. Sem muitas alternativas, acabei decidindo vasculhar o site institucional da CW. Fui no quadro de funcionários e lá estava ele: com uma expressão seca, cabelo bem alinhado e a roupa no estilo *social chic*. Embaixo da foto, o nome "Teodoro Cardoso Sampaio – Programador Sênior".

A mensagem de Kelly falando sobre a invasão ao seu equipamento começou a ressoar na minha cabeça feito um alarme. Na sequência, a voz de Brenan dizendo que "se preocupa com o meu emprego" formou um bolo na minha garganta. Comecei a suar frio. Teodoro finalmente saiu da sala. Passou na frente da minha mesa com um sorriso malicioso brincando nos lábios. Maldito!

Rosana me chamou em sua sala.

— Viu aquele cara que acaba de sair? Hoje ele trouxe uma equipe pra analisar a resposta dos softwares nos computadores da empresa — Rosana falou, ainda em pé, com uma expressão de cansaço, enquanto apoiava as mãos sobre a mesa.

— Como assim, Rô? — perguntei, o coração pulando.

— É isso mesmo que você entendeu. Segundo ele, é um protocolo padrão da CW e eles assumiram 30% das nossas ações. Eu não tive escolha, Nia! Por favor, não torne isso mais difícil.

Eu assenti com a cabeça e saí do escritório dela. Não que meu computador tivesse algum vestígio de Kelly, além de umas pesquisadas bestas sobre o Ânima. Eu não era amadora a esse ponto. Mas isso não diminuiu a sensação de sufocamento. Era como se, a cada passo que eu desse, tivesse que sentir o bafo de Brenan no meu rosto e isso me deixava furiosa.

O restante do dia se arrastou como uma tortura massacrante. O cara paralisou o escritório pra que seu pessoal fizesse a inspeção. Agiu com a típica arrogância de quem acaba de subir na vida e claro: fez questão de deixar o meu computador por último. Saí da empresa morrendo de ódio e calculando mil rotas mentais sobre como seguir com a minha namorada daqui em diante.

**

A primeira coisa que fiz ao chegar em casa foi correr pro computador e conectá-lo ao Ânima. Fiz uma varredura no sistema, em busca de alguma anomalia. Afinal, o meu equipamento reiniciou porque Kelly quis ou porque ele também foi invadido? Assim eu descobri que a brecha mantinha o meu sistema conectado à rede dela, o que também permitia algumas ações remotas do seu aparelho. Provavelmente, por segurança, ela optou por limpar nossas conversas.

E como todo sufoco pra quem já tava na merda era pouco, aquele também era o dia da semifinal do Torneio. Confesso que não sabia se queria seguir nessa competição. Mesmo assim, loguei o metaverso e li as regras pra prova. Dessa vez a disputa era no espaço: como uma espécie de busca ao tesouro, procuraríamos uma das cinco chaves escondidas pra ter acesso à final.

Na sala de espera, minha avatar trocou de roupa num piscar de olhos e passou a trajar um vestido tubinho com um brilho metálico. Depois, eu selecionei uma nave em formato circular e com um para-brisa dianteiro bem amplo, que me daria uma grande visão do meu entorno. O cronômetro apareceu na tela do Ânima e embarquei na nave. Nesse momento, a brecha também foi reaberta: "Desconfio que funcionários da CW estão me caçando no Torneio, por isso acho melhor eu sair da disputa. Não quero levantar suspeitas e te pôr em risco. Hoje eu vou perder a competição, mas seguirei no *Ânima*. Por isso, anote a senha do meu Universo por aqui, tá bom? Em um minuto essa mensagem vai ser apagada! Amo você."

CAPÍTULO 32 » VAGNER

Sentado na cabine da nave, eu podia jurar que ouvia uma música bastante familiar, de outros tempos.

Como estava sozinho, sem nenhum dos outros competidores por perto, pude me manifestar livremente:

— Vocês estão ouvindo isso?

— *Isso o quê, agente Vargas?* — disse o Rato-mor.

— A música.

— *Você quer dizer a trilha sonora do* Ânima *que está tocando agora? O eletrofunk?*

— Não. Essa música do Paralamas.

— *Nunca ouvimos falar em nenhum Paralamas.*

— Que tipo de nerds vocês são? Paralamas do Sucesso. Banda dos anos 1980.

O Paralamas era a banda preferida do velho Clodô.

— *Agente Vargas, por favor, concentre-se na prova.*

— Ela ainda nem começou, ora!

A linha de largada era uma verdadeira salada de estilos e de eras da ficção científica. Tinha naves vintage, *steampunk*, com designs ultramodernos, bichos-ciborgues que pareciam baleias e insetos gigantes modificados por metal e luzes, além de gente usando mochilas-foguete e trajes com propulsores. Tinha até um submarino amarelo dos Beatles tunado!

Cada nave era pilotada por um competidor. Não existiam mais equipes. Agora oficialmente era cada um por si.

O cenário tinha um chão, todo ladrilhado, com quadrados que mudavam de cor sem parar. E éramos cercados por uma galáxia cheia de planetas, luas, estrelas, estrelas cadentes, cinturões de asteroides, supernovas, nebulosas, satélites artificiais, carcaças de naves, robôs e outros tipos de lixo espacial.

Naquela hora, lembrei da época em que frequentava a casa de

dona Matilde. Quando eu via televisão, um dos meus desenhos animados preferidos era *Corrida Maluca*. Um troço tosco e velho, mas que me fazia rir muito. Só que era uma luta conseguir assisti-lo, na disputa de canais com meus irmãos e irmãs de rua.

De repente, apareceu um placar holográfico à nossa frente com os dizeres *"Que ronquem os motores!"*.

Foi a deixa pra ligarmos nossas turbinas, de variados tamanhos, potências e barulhos.

No fundo da minha cabeça, ainda ouvia a música do Paralamas que não conseguia identificar. A batida do eletrofunk tocava num volume mais alto.

Surgiu um cronômetro digital, marcando trinta minutos, no canto superior da minha visão periférica.

No placar holográfico, começou uma contagem regressiva:

Cinco... quatro... três... dois... um!

Todos os competidores dispararam alucinados.

Minha nave era redonda e vermelha. Pelo menos, me deixaram escolhê-la. A super até perguntou o motivo, por pura curiosidade. Nostalgia. Uma bobagem. Coisa de criança, admiti sem nenhum constrangimento. Como ela avaliou que aquilo não iria comprometer a missão, deu seu OK.

De fato, eu tinha falado a verdade. A nave marciana me fazia voltar às noites em que o velho Clodô lia pra mim e pros meus irmãos e irmãs de rua as histórias preferidas dele de ficção científica. Era um livro de contos surrado de um tal M. K. Rogers, um autor americano de quinta categoria. O título era *Crônicas de Vênus, Marte e Júpiter*. Mas o que nos fascinava era a leitura em voz alta do velho Clodô, cheia de caras e bocas, performances de encher os olhos e corações daqueles meninos e meninas, mesmo tão calejados.

A música do Paralamas tocando ao fundo me fazia acreditar que o velho Clodô estava ali comigo, no Ânima. Era um chamado pra encontrá-lo.

Naquela confusão de naves, era impossível saber onde estavam Lia, Sininho, Doug e Alex. Onde estaria Kelly Hashimoto? Qual daqueles competidores era ela? O que realmente pretendia agindo daquela maneira?

As naves, bestas-ciborgues, usuários de mochilas-foguete e de trajes com propulsores corriam contra o tempo, desviando dos obstáculos à frente.

O problema é que todos nós estávamos sem rumo, não sabíamos pra onde ir direito.

Tentar encontrar aquelas chaves de titânio sem nenhuma indicação, sinalização ou mapa tornava tudo mais difícil.

— *Agente Vargas, suspeitamos que as chaves estejam escondidas em locais mais perigosos de acessar, como os cinturões de asteroides, o interior da carcaça de naves maiores ou onde exista mais lixo espacial acumulado* — disse o Rato-mor.

Não brinca, idiota, pensei.

Mas ele tinha razão. Tanto que muitos dos competidores estavam indo nessas direções.

Tínhamos menos de trinta minutos pra encontrar uma das cinco chaves de titânio que nos daria acesso à porta que levaria à final.

Na verdade, as regras da prova eram apenas três: 1) estávamos liberados pra atirar em obstáculos do cenário que estivessem em nosso caminho; 2) não podíamos utilizar lasers ou mísseis em nenhum outro competidor pra conseguir uma das chaves; e 3) tínhamos três vidas pra gastar, mas sempre voltaríamos à linha de largada a cada morte.

A contagem regressiva no canto do olho era algo que às vezes atrapalhava minha concentração.

No início, tentei pilotar a nave da forma mais estável possível. Mas os obstáculos do cenário e outros competidores, cruzando por mim em todas as direções, não ajudavam em nada a me manter vivo na prova.

Resolvi arriscar minha sorte indo pra dentro de um cinturão de asteroides.

Não demorou muito, tive que balançar a nave pra lá e pra cá, subindo e descendo, pra me desviar de um monte daquelas rochas.

O corpo do meu avatar acompanhava os solavancos da nave. O confortável e amplo assento do piloto me dava bastante liberdade de movimento, mesmo estando preso ao cinto de segurança. Só aí me toquei que o descolado Beto Hi-Five não estava mais com o uniforme da equipe, e sim de volta com sua bermuda e camiseta estampada.

O cheiro de material de limpeza me fez lembrar que o meu corpo, no mundo real, no laboratório, devia estar se mexendo de uma maneira meio ridícula na cadeira. Provavelmente, pra diversão e escárnio dos Ratos.

"Não amoleça, garoto." Era a voz do velho Clodô!

Cheguei a virar pros lados. Talvez ele estivesse ali comigo na nave. Mas, não. Eu estava sozinho.

De qualquer maneira, aquilo revigorou minhas forças.

Acelerei a nave. Apurei a concentração pra desviar dos asteroides à frente.

— *Você está indo bem, agente Vargas* — disse o Rato-mor.

Minha vontade era mandar aquele imbecil calar a boca! Mas apenas funguei.

Ao meu redor, tinha uns vinte ou trinta competidores.

Tentávamos desviar uns dos outros e dos obstáculos.

As chances de continuar naquela prova tinham muito a ver com minhas habilidades como jogador de simuladores offline, geralmente de games antigos. Eu os frequentava indo ao centro da cidade, no Comércio ou na avenida Sete, em prédios decadentes. Era como dirigir carros velhos, malcuidados, mas possantes.

À medida que avançávamos, os incompetentes, distraídos e azarados ficavam pra trás, com naves que se transformavam em nuvens de píxeis.

Eu mesmo acompanhei duas explosões insanas bem próximas a mim. Naquela imensidão escura não existia vácuo, e sim muito barulho.

"Foco, moleque, foco." O velho Clodô novamente.

Ele estava certo.

Não adiantava ir por cima ou por baixo pra evitar os asteroides, ou tentar chegar ao centro do cinturão.

Tentei fazer isso, mas o cinturão se expandia, não deixando alternativa senão atravessá-lo, enfrentar os asteroides.

Só que eu não sabia por quanto tempo conseguiria me manter naquele ritmo.

De repente, olhei pros lados e percebi a agitação das outras naves, fazendo manobras bruscas, tentando seguir numa mesma direção.

Um erro de cálculo, uma afobação e testemunhei uma baleia-ciborgue colidir com um asteroide de tamanho considerável, recebendo o impacto na lateral da cabeça. Cheguei a ouvir o horroroso urro do bicho-máquina antes de evaporar-se em píxeis.

Eu também procurava acompanhar a correria das outras naves.

Tinha de acelerar mais, me desviar mais, me arriscar mais. Perder uma vida não era uma opção. Voltar pra linha de largada era o mesmo que uma morte definitiva, uma eliminação da prova. Não podia perder a vantagem que eu tinha.

— *Agente Vargas, possivelmente existe uma chave bem no meio do cinturão. É pra lá que todos estão indo* — disse o Rato-mor.

Isso era meio óbvio, mas, em vez de mandar o idiota se lascar, perguntei:

— Quais naves são meus maiores concorrentes?

— *Difícil dizer ao certo.*

— Que tipo de resposta é essa? — quase gritei. Me arrependi logo depois.

O Rato-mor demorou um pouco pra se manifestar.

— *Atenção especial com as naves menores* — ele disse, com convicção. — *Elas têm mais chances de desviar dos obstáculos. E potência suficiente pra ganhar a dianteira.*

Ou seja, minha nave circular marciana não era exatamente a melhor opção pra avançar naquele trecho do cenário espacial. E o Rato-mor nem pra me dar um toque, me aconselhar antes de eu seguir rumo ao cinturão. Escroto!

— *Foco, Agente Vargas, foco.* — Ouvir a super me chamar atenção, num tom lento e sombrio, me perturbou. De um jeito que ia além do que eu já estava acostumado. Não foi um pico de raiva que me paralisou, e sim de apatia.

Eu tinha ouvido pouco antes a voz do velho Clodô proferir as mesmas palavras. Só que agora a empolgação esvaia-se.

Estava chocado comigo mesmo. Meu corpo não respondia mais aos meus comandos. Relaxou por inteiro, na cadeira do laboratório e na cabine da nave. Sentia-me à deriva.

O Rato-mor e a super não paravam de jorrar palavras que eu já considerava ininteligíveis, o som de suas vozes agitadas ficando cada vez mais distante. Assim como o eletrofunk ao fundo.

Asteroides menores atingiam a nave com mais frequência e força.

Outras naves passavam por mim, como se eu fosse mais um obstáculo a evitar.

Percebi então que tudo estava perdido. Era uma questão de tempo até um asteroide maior me transformar numa nuvem de píxeis.

Foi aí que a música do Paralamas subiu de volume.

— Acorda pra vida, moleque!

Num segundo, fui tomado por uma descarga de adrenalina. Quase me levantei com tudo da cadeira no mundo real.

No mundo virtual, no susto, girei o assento do piloto pra trás.

Lá estava o velho Clodô. Vinha na minha direção, às pressas, decidido.

Do nada, fiz uma pergunta, mas não pra ele:

— Senhora, está vendo um coroa barbudo de paletó bem na minha frente?

A super não se manifestou. Na verdade, só naquele momento percebi que as vozes tinham sumido por completo.

— Não adianta falar com nenhum dos seus colegas, moleque. Eles não vão te escutar.

Era a primeira vez que eu ouvia a voz do velho Clodô sair de sua boca em muitos anos.

Quando ele parou diante de mim, olhei pra cima, pro seu rosto.

Fiquei besta com aquele avatar, fiel à fisionomia do homem que eu abandonara, o mesmo olhar penetrante. A diferença estava em sua atitude, firme, lembrando seu auge. Nada precária, abalada pelo álcool, como testemunhei pela última vez.

Finalmente fiz pra mim mesmo a pergunta mais óbvia, a qual eu me recusava a formular:

Quem estava por trás daquele avatar assombrado?

Cheguei a pensar em Ted, mas não consegui elaborar mais nada.

O velho Clodô resolveu agir.

— Vamos ganhar essa prova, Vavá — ele disse, depois agarrou meu ombro, fungou e sorriu apenas com os lábios. Reconheci todos aqueles gestos.

Não tinha como Ted saber e reproduzir detalhes tão específicos de alguém que procurava ficar invisível aos radares de todos, de qualquer dispositivo de vigilância real ou virtual.

— Levante — o velho Clodô pediu, com gentileza, falando baixinho, ainda sorrindo.

Obedeci, sem nenhuma contestação.

Fiquei de pé ao seu lado.

Ele sentou no assento do piloto e o girou pra rapidamente assumir o comando. Logo demonstrou bastante intimidade com os controles de uma nave que não era sua.

No instante seguinte, percebemos um asteroide dos grandes em rota de colisão com a gente.

— Sente no outro assento, Vavá! Vamos, moleque!

Corri e fiz o que o velho Clodô mandou, feito uma criança obedecendo ao pai.

Eu nem mesmo questionei a existência daquele segundo assento, que apareceu de surpresa.

O velho Clodô começou a acelerar a nave.

Mais uma vez, meu destino estava em suas mãos.

Ele nos preparava pras agruras da vida, pra que a gente se virasse por conta própria. Mas, em momentos de paralisia dos seus meninos e meninas, tomava à frente da situação pra resolvê-la de alguma maneira, nem que fosse pra fugirmos dela, sãos e salvos. No final das contas, ele mostrava a todos nós que sua presença era necessária, que não podíamos ser tão independentes assim.

O mais lógico seria o velho Clodô manobrar a nave pra desviar do asteroide. Só que, pra meu total desespero, ele acelerou com tudo na direção da rocha, crescendo em nosso campo de visão.

— Que merda é essa? — soltei, encarando o asteroide.

— Confie em mim, moleque — ele disse, numa voz segura. Não consegui virar pro lado, pra confirmar toda aquela certeza em seu rosto pixelado.

Segundos depois, vi quatro mísseis indo ao encontro do asteroide.

Quase entrei em pânico, mas consegui me manter calado, com o corpo inteiro tremendo.

Os mísseis atingiram o asteroide, partindo-o em vários pedaços.

Em seguida, o velho Clodô acelerou tanto a nave que meu corpo foi puxado todo pra trás no assento.

A nave começou a enfrentar a *chuva* de pedras, que se espalhavam a certa velocidade. Desviávamos dos pedaços maiores, sendo atingidos por alguns dos menores.

Mas a turbulência durou menos do que eu imaginara.

Mesmo atordoado, acabei percebendo qual fora o plano do velho Clodô, sua jogada arriscada. Passamos por dentro do enorme asteroide destruído. Ganhamos um tempo precioso. Uma boa vantagem em relação aos outros competidores. Fizemos nosso próprio atalho rumo ao centro do cinturão.

A nave fez uma manobra brusca à nossa esquerda, a caminho de mais um asteroide dos grandes.

Lançamos mais quatro mísseis no bichão de pedra.

Dessa vez, ao desviar dos obstáculos, a nave sofreu bem mais impacto. Cheguei a pensar que perderíamos uma vida, que voltaríamos à linha de largada, que aquele plano era uma idiotice.

— Você está duvidando de mim, moleque? — disse o velho Clodô, cheio de fúria, enquanto a nave balançava-se em todas as direções, tentando manter-se inteira.

Virei a cabeça, em choque. Aquela versão pixelada do velho Clodô conseguia ler meus pensamentos?

Ele não me encarou. Estava concentrado em nos manter vivos. A cara fechada.

Tive de esquecer aquele assunto.

Conseguimos atravessar o segundo asteroide destruído.

À nossa esquerda, dava pra notar as naves do pelotão de frente saindo do cinturão, rumo ao seu centro.

O velho Clodô acelerou a nave com tudo. Não seria necessário explodir mais nenhum asteroide. Os que tinha ao nosso redor eram contornáveis, sem maiores prejuízos à fuselagem.

Quando saímos do cinturão, gritei:

— Isso!

Minha alegria espontânea logo deu lugar ao constrangimento. Afinal, a prova ainda não tinha acabado, nada estava garantido.

Nem tive coragem de olhar pro lado, ver como estava a cara do velho Clodô.

Agora avançávamos direto pro centro do cinturão em paralelo a umas dez naves.

Pra meu espanto, eu já enxergava uma plataforma dourada e logo acima a chave de titânio girando no espaço sideral, como se estivesse presa a um campo de força.

Outras naves se aproximavam.

Estávamos cabeça a cabeça com as três ou quatro primeiras naves do pelotão.

Não dava pra ver quem eram os pilotos. Não tinha como reconhecer ninguém.

De repente, vi um disparo de laser saindo de nossa nave.

— Que merda é essa? — falei baixinho, pra mim mesmo, sem acreditar no que estava testemunhando.

O laser atingiu a plataforma. Ela explodiu, sem deixar vestígios.

A chave desprendeu-se do campo de força. Começou a vagar no espaço, girando, girando, com certa velocidade.

Virei pro lado, em silêncio, tentando entender a atitude do velho Clodô. Ele sustentava um sorriso discreto e malicioso.

Em seguida, ele fez uma manobra brusca com a nossa nave.

Dei um grito e olhei pra frente, em pânico.

Nosso disco marciano vermelho se afastava, em diagonal, do pelotão dos outros competidores.

Agora que eu não estava entendendo nada mesmo. E até pensei em me levantar do assento pra impedir que a atitude maluca do velho Clodô continuasse.

Mas só tive forças pra encarar o painel de controle apitando.

O visor estava ligado e mostrava a chave de titânio à deriva, sob a mira de nosso raio de tração.

E foi aí que entendi tudo e comecei a gargalhar. Não parei mais.

Enquanto isso, à medida que avançávamos em diagonal, o velho Clodô abriu as portas do compartimento de carga, na base da nave, e acionou o raio de tração.

A chave parou seu movimento aleatório e, ainda de longe, passou a acompanhar a velocidade de nossa fuga. Então ela se aproximou mais e mais até ser engolida pela nave.

Estávamos caindo fora do centro do cinturão. O pior já tinha passado. Os outros competidores não importavam mais.

Assim que parei de gargalhar e abri os olhos, tomei o maior susto. O velho Clodô não estava mais lá. Nem o segundo assento, que eu ocupava. Eu estava novamente no comando da nave, prestes a enfrentar os asteroides no meu caminho de volta, quando o cenário mudou de forma brusca. Retornei pra linha de partida da prova.

Foi então que apareceu a porta que me levaria à final do Torneio.

O som do Paralamas foi diminuindo de volume, dando lugar ao eletrofunk.

"Entrei de gaiato no navio. Entrei, entrei, entrei por engano."

A nave voava de um lado pro outro de forma descontrolada. Eu ainda não tinha entendido bem o mecanismo pra pilotar. A pressão de vencer a prova e chegar à final também não estava ajudando. Assim como perceber a nave de Doug colada na minha o tempo todo.

Pra distrair a mente das tensões e me concentrar, coloquei algumas músicas bem dançantes pra tocar. O Ânima caprichou mesmo no cenário da semifinal. Acostumada à versão básica, ainda me surpreendia com as possibilidades que o metaverso tinha a oferecer.

Enquanto me balançava ao som da música, fui aos poucos tomando o controle da nave de formato oval e com luzes coloridas piscando; praticamente uma boate voadora. Com a cabeça mais calma, consegui entender melhor a proposta da prova. O cenário era típico de séries e filmes futuristas. Tudo muito lindo, tirando o fato que eram vários concorrentes e apenas cinco vagas. Tal informação brigava por espaço na minha mente com a satisfação de ter ido tão longe no Torneio — e no envolvimento com os Animalescos, claro.

Ainda não tinha total dimensão de como lidar com esse recém-adquirido poder, mas, verdade seja dita, não valeria de nada se eu perdesse a prova e Doug ganhasse. Foi com isso na cabeça que tracei um plano: precisava tirá-lo da prova.

Esse seria um desafio e tanto, pois, gostando ou não, o fato era que ele tinha mais experiência do que eu no Torneio. Eu era uma novata, como ele gostava de lembrar. Mas, novata ou não, tinha conseguido colocar o cara no lugar dele. Ponto pra mim. Um sorriso satisfeito iluminou o meu semblante na vida real e virtual.

Tentei emparelhar minha nave com a dele. Queria, na primeira oportunidade, transformar essa corrida espacial em carrinhos de bate-bate e jogar aquela tranqueira de cor metálica direto ao encontro de algum obstáculo — de preferência, um bem grande. Ele pareceu perceber minhas intenções e acelerou. Fiz o mesmo e ficamos nessa brincadeira de gato e rato por um tempo, deixando vários concorrentes pra trás. Estava tão focada em eliminar Douglas que até esqueci de procurar a tal chave pelo caminho.

Alguns minutos depois, tive a primeira oportunidade de ataque. Passamos — e desviamos — de alguns meteoros, mas, logo à frente, havia um robô gigante que veio direto pra cima da gente.

Mergulhei com a nave até ficar debaixo de Doug. Minha atitude pareceu perturbá-lo, pois, a todo momento, tentava olhar pra baixo e descobrir o que eu fazia. Fingi que não percebi e me mantive concentrada na minha missão; tão concentrada que não vi que o robô havia chegado perto demais. Sem pensar nos riscos, bati com tudo na parte de baixo da nave de Doug e o joguei direto em cima do robô. Pouco tempo depois, a nave dele sumiu e o placar marcou que ele havia perdido uma das três vidas. Ele precisaria voltar o percurso do início.

Mas comemorei cedo demais. A batida causou danos à minha nave também e perdi o controle. Só parei quando colidi com outro meteoro mais à frente. Menos uma vida pra mim.

Na minha segunda tentativa, resolvi ser mais cuidadosa. Essa atitude agressiva acabaria me eliminando de vez da prova, e eu não podia me dar ao luxo de arriscar tanto. Porém, conhecendo Douglas como conhecia, tinha certeza de que eu havia despertado sua ira. Ele viria com tudo pra cima de mim. Era hora de esfriar a cabeça e agir de forma estratégica. Ou, pelo menos, tentar.

Ao começar o percurso de novo, fiquei mais atenta ao cenário à minha volta e procurei algum indício de onde alguma das tais chaves estaria escondida. Estava com dificuldades de manter o foco, já que minha visão periférica enxergava Doug me cercando e, na certa, armando o contra-ataque. Precisava despistá-lo.

Continuei pilotando como se a presença dele não afetasse em nada minha vida. Passando por uma nebulosa em formato de tobogã, enxerguei um atalho. Era apenas uma pequena passagem, um vão entre uma nuvem e outra que levava a um caminho estreito mais acima.

Pra amenizar a chance de Doug me seguir, mantive a velocidade da nave e virei a curva com tudo, quase capotando. A estratégia deu certo e vi pela câmera traseira que ele passou direto da entrada.

Respirei aliviada e segui o caminho com mais calma. Alguns poucos concorrentes passaram por mim, mas esse parecia ser um atalho que poucas pessoas haviam descoberto, o que aumentava as minhas suspeitas de que poderia haver uma chave ali. Só não fazia ideia de como achá-la.

Pilotei por vários minutos, mas dava a sensação de estar sempre no mesmo lugar. Eu sentia a nave se mover, e o cenário parecia constante, imutável. Isso começou a me dar nos nervos. Quanto mais impaciente ficava, mais acelerava a nave. Cheguei até mesmo a considerar bater propositalmente em algum lugar só pra voltar ao início.

E foi aí que vi.

A princípio, parecia uma falha no gráfico do Torneio, como quando um aparelho demora a processar um vídeo e ele perde a nitidez da imagem antes de estabilizar. No lado esquerdo da *pista* de estrelas, havia uma com um brilho diferente, como se estivesse prestes a apagar. Fui diminuindo a velocidade da nave e parei ao lado da tal estrela, não sem antes conferir se havia alguém por perto.

Desci da nave. Meio desajeitada com o traje de astronauta, toquei a estrela, que na hora se transformou numa chave. Assim que a peguei, o cenário mudou e me vi de volta ao percurso original. Mas agora, na minha frente, havia uma porta.

Disparei até lá. Final, aí vou eu!

Mas comemorei cedo demais. Quando ia descer da nave pra enfiar a chave na porta, um bug veio direto pra cima de mim. Isso só podia ser coisa de Doug.

Na tentativa de escapar, a chave caiu da minha mão e a porta sumiu. Descontei toda a minha raiva no bicho e arranjei forças de onde não tinha pra socá-lo e chutá-lo. Mas eu também tinha meus truques na manga como chefe dos Animalescos.

Antes de ir pra prova, ciente de que Doug poderia tentar me prejudicar, pedi a Marcos algum mecanismo de controle dos bugs e prometi usar apenas pra me defender — não queria chamar a atenção do comando do metaverso pro nosso grupo e, muito menos, deixar transparecer nossas intenções. Com esse mecanismo, localizei Doug na prova e enviei os bugs pra lá. Tudo o que precisava era atrasá-lo pra que eu conseguisse recuperar a chave.

Voltei pra nave e pilotei até o atalho novamente, mas a estrela piscante não estava mais lá. Só tinha um jeito: eu precisaria perder essa vida e começar de novo.

Usando minha última chance, parti direto pro atalho e, pra meu alívio, a estrela piscante tinha voltado pro mesmo lugar. Peguei a chave outra vez e a prendi num cordão no meu pescoço.

O cenário mudou e lá estava a porta de novo — dessa vez, sem bugs. Fui correndo até ela sem nem olhar pro lado e percebi tarde demais a aproximação de Doug, que me derrubou no chão e arrancou o cordão do meu pescoço. Levantei rápido e tentei agarrar as pernas dele, mas ele me chutou no rosto e continuou andando. Porém, antes que ele tivesse a oportunidade de enfiar a chave na porta, eu mandei um bug direto pra cima dele, que deixou a chave cair no chão.

— Você vai se arrepender de ter se metido onde não devia! — ele gritou.

Essa foi a última coisa que ouvi quando girei a chave e destranquei a porta. Eu tentaria entender as ameaças depois. O importante agora era que eu estava na final.

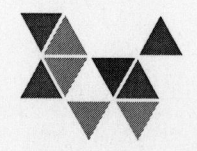

Sete segundos... Anotei a senha que Kelly deixou na mensagem.

Seis segundos... Peraí, ela se esconde num Universo por aqui?

Cinco, quatro... Agora me parecia óbvio que Kelly disputava o Torneio pra implodir o Ânima de dentro. Alguma discordância com Brenan teria atingido o inaceitável, pra que ela agisse por conta própria. Eu só gostaria de estar mais a par desse plano.

Três, dois, um... cronômetro zerado! A propulsão da nave foi ativada e o impulso me fez mergulhar naquele negrume estelar.

O gráfico do Ânima fazia parecer que as estrelas estavam ao alcance de um toque. Um cenário espetacular demais, mesmo pra alguém exausto. Talvez se a chave da prova me permitisse, ao menos, cinco minutos na presença *dela*, tudo isso fizesse mais sentido...

Fui serpenteando, desinteressada, uns asteroides e seguindo meio sem rumo pela prova. Alguns competidores acionavam, apressados, suas turbinas e acabavam se chocando com meteoritos pelo caminho, perdendo vidas. As coisas iam pipocando ao meu redor, como um filme sem graça, mas com ótima fotografia.

Segui assim, até que um robô com uma mochila propulsora tomou o meu caminho. Os olhos dele brilhavam num amarelo incandescente e seus movimentos eram bruscos e repetitivos. Ele coletava naves que apareciam em sua frente e chocava umas com as outras.

Fácil demais pra ser verdade e eu não vou negar que estava prontinha pra ser *acidentalmente* esmagada. Mas algo de estranho aconteceu. Era como um buraco negro, um vórtice, ou um sei lá o quê. Só sei que surgiu do nada e sugava tudo ao seu redor com uma força absurda. Assim, quase como um ímã, o vidro dianteiro da minha nave se desprendeu e fui lançada pra fora. Depois a minha nave inteira foi engolida por aquele buraco. E, bom, era chegada a minha vez. Só que virar comida de bug não era o tipo de coisa que estava nos meus planos. Tentei resistir e busquei qualquer coisa na qual eu pudesse me segurar. A primeira delas foi o robozão bruto!

No meio da confusão, acabei pegando impulso e montando nas costas daquela carcaça metálica. Mas isso não me deixava nada tranquila! Era aquela máquina pifando e mexendo os braços, enquanto tudo ao meu redor era sugado pra dentro do buraco. O Universo parecia um grande tapete sendo puxado. Desespero é pouco pra descrever o que eu estava sentindo! Mas aquele bug era dos fortes. Em questão de segundos, também acabei sendo sugada.

Eu estava certa de que entraria num submundo do Ânima. Mas, na verdade, saí num local bem diferente da prova, ainda presa àquela máquina. Tudo foi muito rápido, quase como mudar de canal. No novo lugar, com menos gravidade, larguei o robô e ele saiu voando mais alguns metros. Essa confusão me roubou duas vidas, dá pra acreditar?

Grudei num meteorito qualquer que estava planando e troquei meu traje por um de astronauta, com uma mochila propulsora. A ideia era regular a respiração da minha avatar e me locomover melhor. Eu estava pronta pra sumir dali, quando me dei conta que tinham duas naves na mira do robô. Eram Lia e Doug! Deu bem pra vê-los. Fiquei observando aquela briga até que tudo paralisou. Sério, a prova congelou! Minha avatar ainda se mexia, mas, ao meu redor, tudo continuava estático.

Na sala de casa, ainda apertei, frenética, alguns botões do console, tentando entender o que rolava, mas não fazia diferença. Poucos segundos depois, o Ânima voltou ao normal.

As naves de Doug e de Lia tinham sumido. O que aconteceu exatamente?

Voei pra longe dali.

Não demorou muito dei de cara com Amin em um submarino amarelo, tal qual o dos Beatles, mas com o acréscimo de turbinas propulsoras. Achá-lo depois desse sufoco me fez rir. Ele me convidou pra entrar em sua nave e, bom, eu não tinha muito a perder... Fazia bastante tempo desde que nos encontramos, então vê-lo agora era bem nostálgico.

Depois de compartilharmos algumas experiências do Torneio, avistamos um aglomerado de asteroides em nosso trajeto. Amin ficou ansioso e se empenhou em evitar avarias em seu submarino. Corri pra lateral da nave, buscando um melhor ângulo de fuga praqueles obstáculos. Foi quando notei um brilho em particular planando no espaço sideral. Não demorou tanto pra que eu me desse conta de que era uma das chaves. Provavelmente aqueles asteroides se desgarraram de algum cinturão que a protegia.

Neste momento, a projeção de comunicados também pipocou na tela. Muitos competidores tinham saído da prova. Mas apenas um nome me chamou a atenção. O avatar de Alex apareceu como eliminado. Àquela altura, a minha decisão ficou evidente. Soprei pra Amin a localização da chave e expliquei que tinha pendências fora do Torneio:

— Eu sei que vai parecer loucura, mas preciso que você me deixe aqui.

— Tá maluca? E se tiver um cinturão de asteroides mais à frente, Sininho?

— O Torneio não tem mais tanta importância. Eu preciso salvar meu emprego no mundo real. Pegue a chave e ganhe. Quero te assistir na final!

Mesmo com alguma resistência, ele liberou a porta da nave. Me lancei pra fora. Um meteoro atingiu minha avatar, fazendo-a perder a última vida. O fato tomou conta da tela: *"Sininho eliminada"*.

CAPÍTULO 35 » VAGNER

A instrução da prova era sair da nave, mesmo que fosse no espaço sideral, e abrir a porta com a chave de titânio. Assim o fiz, sem qualquer problema. Pra minha surpresa, do outro lado da porta havia um vórtice que mudava de cores a todo instante.

Segui em frente numa mistura de sentimentos.

Dois segundos depois, tomei o maior susto ao perceber que estava de pé num ambiente sem chão propriamente dito. Me desequilibrei, numa baita vertigem. Eu não estava flutuando, e sim pisando em algo, mas o quê? Com certo custo, recuperei o equilíbrio, consegui andar, cauteloso.

Era uma sensação tão estranha! Pisar o que não se podia ver.

Eu intuía que continuava dentro do Ânima. Mas onde exatamente? E por que eu estava ali? Tais perguntas eram fruto mais da curiosidade do que da apreensão.

Eu não estava me reconhecendo. Sempre fui ensinado pelo velho Clodô e pela vida a desconfiar de tudo e de todos. A nunca ser sincero. A mentir pra sobreviver.

E ali estava eu, querendo saber a verdade, independentemente das consequências.

Estava louco, era isso? Querer ver tudo às claras era loucura? Depois de uma vida inteira de mentiras? Contadas pelos outros, acima de tudo?

De repente, observei meus braços e mãos, que reconheci como cópias fiéis dos meus da vida real. Da mesma forma, as roupas eram as que eu usava no laboratório.

Não tinha jeito de eu ver meu próprio rosto, sem espelhos ou superfícies reflexivas por perto. Eu o toquei e tive certeza de que era idêntico ao meu de carne e osso.

O silêncio do Rato-Mor e da super continuava. Eu não fazia ideia do que estava acontecendo no mundo real, no laboratório, em que condições se encontrava meu corpo verdadeiro.

Eu não sentia mais o cheiro dos produtos de limpeza!

As cores ao meu redor eram vibrantes, como num dia ensolarado de verão. Eu sentia o vento fresco tocando meu rosto. E até o cheiro da vegetação molhada!

Mas como?

Virei pra todos os lados. Nenhum sinal de plantas, flores, árvores. Mas o cheiro era intenso e delicioso.

Eu estava num cenário indefinido, diria até genérico, semelhante a qualquer lugar, em campo aberto, como se o sol tivesse nascido havia pouco tempo.

Foi aí que percebi a cachoeira, que caía do céu, e perdia-se lá embaixo, numa bruma que misturava púrpura e vermelho. Ouvia-se o som da água potente jorrando.

Eu tinha certeza absoluta de que a cachoeira não estava ali na minha frente um segundo antes.

Sorri, fascinado.

Então surgiu a vontade incontrolável de fazer uma pergunta: aquela era a calmaria antes da tempestade?

— Sim — respondeu alguém às minhas costas.

Reconheci aquela voz. Virei-me lentamente, e lá estava ele.

O velho Clodô se aproximava, passos seguros, corpo ereto, com os braços pra trás. Uma postura tão familiar.

Ele sorriu, vincando todo o rosto negro, cheio de rugas e linhas. Me senti tão acolhido por aquele gesto...

Até que segurou o passo, ainda um pouco distante de mim. O semblante continuava alegre.

— Como vai, Vavá?

Demorei um instante pra responder.

— A gente se encontrou mesmo naquela nave?

O sorriso do velho Clodô se desfez. Mas a satisfação em me ver continuava evidente.

— Acredito que você tem uma pergunta mais importante pra me fazer.

Fiquei encarando-o, meio aéreo.

Depois de um silêncio constrangedor, perguntei:

— Quem controla você, esse velho Clodô virtual?

Ele sorriu e fungou. Os olhos fixos em mim.

— Virtual, mas não falso. Tão convincente, não é verdade?

A fala dele, firme e serena, contrastava com a minha, hesitante e cansada.

A paz que aquele ambiente me proporcionara, minutos antes, deu lugar a uma tomada de consciência incômoda. Como uma coceira cada vez mais irritante.

— Quem controla este avatar do cidadão Clodoaldo de Almeida Brito, do Barba, do seu velho Clodô... é você, agente Vargas.

Naquela hora, fiz uma cara apertada de puro espanto. As palavras mal saíram da minha boca:

— C-como assim?

Ele começou a andar à minha volta, num movimento em círculo. Senti-me uma espécie de presa sendo encurralada. Contudo, seu semblante permanecia amistoso.

— Esse velho Clodô existe porque você existe.

Eu acompanhava a movimentação daquela figura, na esperança de decifrá-lo de alguma forma. Até mesmo pra saber se estava mentindo.

— Tem a ver com o Ânima?

— Sim. E com o mundo real também.

— Mas, a vida toda, o Barba fez questão de se tornar um fantasma, nunca deixar rastros nos registros digitais.

— O Barba tinha outra existência antes de ser o Barba. Você quer conhecer o verdadeiro Clodoaldo?

Minhas pernas balançaram. Por pouco, não perdi o equilíbrio e fui ao chão inexistente.

Recuperei-me rápido, mas não consegui manter a postura. Estava na cara, no corpo inteiro, o abalo.

— Não — eu disse, seco.

O velho Clodô digital parou.

— Então o que você quer conhecer?

— A verdade sobre o Ânima — eu disse, convicto pela primeira vez.

Ele me encarou, sério:

— Posso te mostrar verdades. Todas válidas.

— Qual é a verdade sobre Kelly Hashimoto?

Pra minha surpresa, a confiança se esvaiu de seu rosto.

— Ela estava cansada.

O avatar retomou os passos em círculo à minha volta. Mas agora era como se fugisse de mim. Eu girava o corpo, tentando acompanhá-lo.

— Dos privilégios dela? — perguntei.

— Do peso das escolhas que fez.

— Quer dizer que toda essa merda aconteceu porque Kelly Hashimoto se sentiu culpada?

— Digamos que sim.

— A culpa do tamanho de seu ego.

— Digamos que ela teve a melhor das intenções.

— O que você é exatamente?

O velho Clodô parou de novo. Ficou de costas pra mim, encarando a cachoeira. Os braços ainda pra trás. A mão grande apertando a outra. Eu lembrava muito bem daquelas mãos.

— Nós somos o Programa. — Não só ele falou, mas várias vozes sobrepostas, de homens, mulheres, crianças.

Que diabo foi isso?, pensei na hora.

Em seguida, o velho Clodô se virou na minha direção, soltando os braços. Então, continuou, apenas com sua voz:

— Kelly Hashimoto estava cansada de ver sua maior criação se tornar tudo o que ela sempre odiou.

— E qual é a função do Programa?

— Transformar o Ânima no que deveria ter sido desde o começo.

— Ou seja?

— Uma verdadeira possibilidade de conexão entre as pessoas. Uma interação que potencialize o que há de melhor nelas.

— Mas ela teve que matar pessoas pra conseguir isso?

— Kelly Hashimoto não matou ninguém. Muito menos nós.

— E as mortes que aconteceram no mundo real?

— Não houve mortes. E sim transferências.

— Transferências?

— Começamos a migrar a consciência de todos os usuários pra dentro do Ânima. — O velho Clodô abaixou a cabeça e fixou os olhos no vazio. — Foi um erro de avaliação terrível de nossa parte. Estávamos aprendendo. Continuamos aprendendo.

— A sede da CW foi o marco zero.

— Sim. Começamos com os usuários do Brasil. Depois seriam do resto do mundo.

O velho Clodô manteve o olhar perdido.

— Isso significa que as mentes das pessoas agora estão presas no Ânima, contra a vontade delas.

Ele levantou a cabeça imediatamente.

— De forma alguma.

— Explique então.

Aquele foi o ponto de virada na dinâmica entre nós dois. Parecia que, a partir dali, nossos papéis se inverteriam.

— Cada transferido permanece na Esfera por vontade própria.

— Que esfera?

— É onde todos nós nos reunimos.

— As pessoas foram capturadas! Que escolha elas tiveram?

— Como eu disse. No início das transferências, nossas decisões foram mal calculadas. — Então o velho Clodô começou a se aproximar de mim, lentamente, à medida que falava. — Inclusive, aos primeiros que se encontravam na Esfera, fora dada a oportunidade de decidir entre permanecer ou serem desconectados.

— E alguém preferiu sair da Esfera?

— Alguns.

— E puderam voltar pro corpo deles?

— Não.

A aproximação do velho Clodô não era uma movimentação ameaçadora. Não tive vontade de dar passos pra trás. Na verdade, o avatar se mostrava mais frágil do que nunca. As mãos levantadas, à altura da barriga, como num ato de súplica, os passos miúdos, o rosto triste. Sua fala também não era das mais seguras. Aquilo era um teatro sentimental barato ou apenas uma verdade sem graça? O que algo não-humano entendia de emoções?

— Afinal, o que eu estou fazendo aqui? Que lugar é esse? — perguntei.

— Estamos te convidando pra fazer parte da Esfera.

— O quê?

O velho Clodô parou, tão perto de mim. Continuei exatamente onde estava.

Mesmo melancólico, ele sorriu.

— Podemos oferecer uma coisa que você sempre quis.

— Que seria...

— Descobrir a sua verdade.

— Você não sabe o que está falando.

Agora era eu quem estava com vontade de me aproximar e dar um soco naquela cara pixelada. Nunca tentara bater no velho Clodô de carne e osso.

— Fazemos ideia, sim. Acredite.

Respirei fundo, o olhar meio alucinado.

— Como está meu corpo lá fora?

— Estável. Estão com medo de desconectá-lo. Por isso, estão te alimentando por sonda e cuidando de sua higiene pessoal.

— Não sou um usuário do Ânima.

— Passou a ser no momento em que foi parar naquela praia deserta.

— O que querem de mim?

— Que você se transforme mais uma vez. Assim como fez quando partiu do deserto. Quando chegou em Salvador. Quando saiu das ruas. Quando se tornou um agente.

— Por quê?

— Porque você está cansado do mar de mentiras que te contaram a vida inteira. Os Animalescos tentam nos controlar. A CW pretende nos reduzir a um produto rentável. E o governo quer nos transformar em armas militares. Não podemos permitir isso. Você não pode permitir isso.

— Quem são os Animalescos?

— Lia e seu bando.

Foi minha vez de sorrir, de quase gargalhar, uma alegria bizarra. Logo depois, tudo desmoronou: engoli em seco e minhas feições murcharam.

Sentia que estava em um daqueles momentos divisores de água; tinha consciência de quais atitudes me levaram até aquele ponto, mas foi tudo tão rápido que ainda custava a acreditar que estava acontecendo mesmo.

A partir do momento em que me aliei aos Animalescos e embarquei no Torneio, eu só queria levantar uma grana e ajeitar minha vida ferrada. E agora, o que eu queria? Ainda tentava descobrir.

Bom, recebi uma mensagem de Samantha/Sofia.

Ainda não a tinha perdoado por não me contar quem realmente era desde o início. Só que ela ainda era capaz de despertar o melhor de mim.

Tudo bem que ela apelou na mensagem, tentando uma chantagem emocional pra que eu me rendesse de vez ao ideal de equipe que ela tinha em mente ao me colocar pra dentro dos Animalescos. "Resgate aquela Lia que eu conheço e por quem me apaixonei". Nosso lance, pra mim, sempre foi casual, mas, no fundo, eu sabia que pra ela era diferente.

Minha primeira reação foi pensar o quão hipócrita ela foi querendo que eu desistisse do espaço que eu tinha conquistado pra não precisar escolher entre o meu lado ou o do irmão. Mas a verdade era que estávamos num ponto em que não havia mais volta — se eu cedesse um pouquinho que fosse, Doug (ou quem quer que ele fosse) estaria pronto pra me destruir. E esse gostinho eu não daria a ele, e nem Samantha me convenceria disso.

A imagem da Sam que trabalhou na baia ao lado da minha durante dois anos e essa outra faceta dela, que conheci nos Animalescos, ainda brigavam na minha mente. Porém, no fundo, seja no mundo real ou no Ânima, ela não era tão diferente assim. Mas já não se podia dizer o mesmo de mim.

Sacudi a cabeça pra afastar esses pensamentos confusos e meu avatar repetiu o mesmo movimento no metaverso. Sam era meu ponto fraco, eu precisava admitir.

Respirei fundo e me concentrei na atividade que precisava desempenhar. Estava no nascedouro dos bugs do Ânima, em um Universo oculto. Quando as criaturas começaram a invadir o mundo real, corria um boato pelos fóruns da internet de que essas falhas vinham da matriz, um Universo chamado Nascente, onde estaria a "fonte de alimentação do Ânima", acessível apenas aos programadores da CW. Até então, a Nascente era um mito entre os mais aficionados. Mas, com os bugs, as bases de dados do Ânima ficaram expostas. E, com a ajuda decisiva de Doug, os Animalescos perceberam que os bugs eram manipuláveis. Mas como ele sabia disso? Seria Doug um funcionário da CW?

Eu precisava saber lutar com as mesmas armas que ele se quisesse manter minha posição. Além do mais, a final seria o momento ideal pra conquistar o principal plano dos Animalescos: dominar não só os bugs, mas o metaverso como um todo.

Existiram várias células agindo no Torneio, mas meu papel seria fundamental nos planos do grupo, como chefe de uma das células e como a única competidora dos Animalescos que havia chegado à final. Muitos holofotes estariam em cima de mim, e eu não podia me dar ao luxo de errar ou me distrair.

Marcos já havia me dado acesso aos comandos pra controlar os bugs. Com a prática, era cada vez mais fácil fazer com que essas criaturas obedecessem às minhas ordens. Eu não podia deixar minhas emoções tomarem conta, ou eles me dominariam. Os bugs, apesar de falhas, eram uma espécie de inteligência artificial rudimentar, que aprendiam quanto mais as pessoas acessavam o metaverso e entregavam de si pra plataforma — em dados e no comportamento dentro do Ânima. Então, eu precisava agir da mesma forma que eles: como uma máquina.

A fonte de bugs era inesgotável, como a nascente de um rio, que nunca para de brotar água. E, por mais que eu tivesse aprendido a dominá-los, não dava pra saber que tipo de bug brotaria da fonte. E havia um que estava sendo bem resistente aos meus comandos.

Eu me sentia esgotada, pois esse bug em particular, que parecia um robô humanoide, não obedecia nem aos comandos mais simples. Era como se ele estivesse em um estado mais avançado de inteligência ou que uma outra pessoa já o estivesse dominando.

A princípio, pensei que fosse alguém dos Animalescos e enviei códigos de identificação que usamos no grupo, mas não obtive nenhuma resposta. A verdade era que, quanto mais observava seu comportamento, mais esse bug me parecia familiar. A primeira coisa que pensei foi que Doug estava na minha cola de novo, mas não parecia que era isso. O bug não tentou me atacar, como é o *modus operandi* de Douglas. Não. Ele só, não sei... se *mexia* de forma familiar.

— Desiste, Lia. Você e seu grupinho de merda não vão conseguir nada — disse o bug. Aliás, "disse" não era a palavra mais adequada. O bicho não tinha boca, mas, de alguma forma, essa "fala" chegou aos meus ouvidos.

— Beto?

Eu sempre soube que esse cara era estranho. Mas quem era ele? Como ele sabia desse lugar? E, minha nossa, ele se *fundiu* ao bug?

— Trabalhe comigo. Tenho muito mais a oferecer.

— E quem seria você, exatamente? Porque esse papinho de pessoa descolada nunca me convenceu.

— Quem eu sou não importa. Mas quem *você* quer ser, Lia?

— E por que isso te interessa?

— Interesse não é bem a palavra. Você me intriga, na verdade. Parece inofensiva, mas tem um poder dentro de você que cresce a cada dia.

— Hum, e que poder seria esse?

— Ambição. Você e eu trabalhando juntos seríamos invencíveis, pode acreditar.

— Uau, falou bonito! Mas eu tô fora, gostosão. Nossa equipe foi desfeita e é cada um por si nessa final, você sabe muito bem.

— Bom, então até a sua destruição, Animalerda. — E o bicho sumiu.

Peraí... Esse cara me chamou de Animalerda? Eu não sabia o que era mais ofensivo: ele saber o nome do grupo ou o deboche dele. Pelo visto, essa final teria muito mais desafios do que eu esperava.

Meu coração apertou ao lembrar de novo de Sam. Respirei fundo mais uma vez. Eu não tinha mais tempo a perder com hesitações. Precisava ir com tudo e só parar quando alcançasse a vitória.

Desculpa, Sam, mas a Lia que você conheceu não existia mais.

Naquele momento, na Arena, na final do Torneio, minha mente não era mais apenas minha. Mas nossa, de todas as nossas partes, de todos nós por inteiro. Não podíamos nos chamar de irmãos e irmãs simplesmente porque isso seria nos reduzir a uma binaridade medíocre. Então cada uma de nossas consciências testemunhou e vivenciou minha verdadeira prova final.

Agora podíamos ver tudo e todos. Uma visão tão próxima como se estivéssemos na cabeça de cada um. Éramos o que o Ânima sempre quis realizar em seus sonhos mais delirantes. O que Kelly Hashimoto desejava, um lugar realmente vivo, com seres realmente vivos.

Eram apenas cinco pessoas no centro da Arena, cercadas por uma multidão na plateia. Nas arquibancadas, estavam os convidados especiais que tinham o privilégio de poder exibir seus avatares pra todo o Brasil. Deixamos o som ambiente num volume aceitável. E abaixamos toda a música oficial da prova.

Eu era (nós éramos) um dos cinco *pobres coitados*: Beto Hi-Five, sorridente e bobo.

Lia era um dos cinco. O resto não importava muito.

Beto olhou pra ela, sem o sorriso idiota do nosso avatar.

Ela o encarou de volta, fixamente. Mas não havia nenhuma apreensão de sua parte.

Estava mudada. Sabia disfarçar seus reais sentimentos muito melhor do que antes.

Agora conhecíamos tanto sobre sua vida. Ainda assim, ela continuava um mistério pra nós.

Os outros três finalistas sabiam que eram atrações principais de um circo midiático. E cada um tinha seu propósito, sua razão de estar ali.

Um garoto chamado Amin usava um macacão tático com um turbante. No mundo real ele também se chamava Amin. Só que não era um adolescente, e sim um jovem de vinte e cinco anos. Um comerciante baiano que fazia parte da comunidade iraniana de Salvador.

Uma personagem de anime musculosa, de cabelos coloridos e rosto de criança escondia, na verdade, a identidade de Tomiko Takahashi, uma senhorinha nissei entediada, paranaense, que preferia entrar no Ânima a ir pra academia fazer pilates ou pap100aricar os netos endiabrados.

E, por último, tínhamos um urso panda que mais parecia um discípulo de Rambo, mal-encarado, armado até os dentes e com uma tira de pano amarrada na cabeça. No mundo real, tratava-se de um sujeito branco com o cabelo à escovinha chamado Raul, funcionário de uma empresa de logística de São Paulo, que utilizava suas horas no metaverso pra extravasar toda a sua raiva contra o mundo.

O apresentador espalhafatoso estava ao vivo, seu avatar em tamanho gigante, com mais de dez metros de altura. Isso era uma concessão da CW ao animador do seu pão e circo? De fato, o cara não deixava de ser uma celebridade. Agora ele estava do tamanho de seu ego?

Ele, que já falava havia alguns minutos, encerrou sua introdução da prova final:

— Que vença o melhor!

A plateia foi ao delírio.

Os cinco competidores olharam entre si.

Continuamos representando nosso papel, do distraído Beto, como um peixe fora d'água.

E, pela expressão do Panda, percebemos seu desprezo. Ele nem tentava disfarçar.

— Você será o primeiro — ele disse, olhando pra mim (pra nós), com seus olhinhos completamente escuros, e sustentando um sorriso maligno.

De camiseta estampada e bermuda, nosso avatar parecia um turista nesse cenário de guerra disfarçado de reality show.

Beto também sorriu, na maior tranquilidade, como se não tivesse entendido a seriedade da situação. Mas ele, que dizer, nós, gargalhamos por dentro, pensando a mesma coisa que o Panda: *Você é que será o primeiro*.

Os outros três competidores se afastaram pra ganhar espaço e se defender uns dos outros. O que deixou o caminho livre pro Panda avançar na direção de Beto, em seu passo duro e confiante.

Por sua vez, Beto continuou parado.

Mesmo olhando atentamente pro Panda, nós sabíamos como estava a expressão de Amin, Tomiko-san e Lia. Na verdade, da plateia inteira, de cada rosto pixelado que pudesse se mexer com mais desenvoltura. Parte dos avatares estava apreensiva, parte empolgada com a porrada que Beto levaria do Panda.

Mas, de repente, urros medonhos chamaram a atenção de todos. Inclusive de Beto e do seu adversário.

Do outro lado da Arena, uma criatura de cinco cabeças, oito patas e três rabos causou gritos de medo e expressões de choque e de nojo na plateia.

O bicho era uma mistureba de referências. Tinha dragão, cobra, raposa, sapo, felino e outros animais.

A regra pra final, pra ganhar o Torneio, era bem simples: ser o único avatar vivo. Cada um tinha apenas uma vida pra gastar. Portanto, as entrelinhas do que se podia fazer ou não ficavam a critério de cada competidor.

Apesar do seu corpo enorme e pesado, a criatura era ágil o suficiente pra mover suas oito patas que pareciam de elefante e avançar pro centro da Arena.

Durante seu progresso, uma das cabeças, de naja gigante, lançou uma gosma vermelha em nossa direção.

Cada um por si, os cinco competidores pularam o mais distante possível do jato de gosma, que bateu na terra, espalhou-se, mas não atingiu ninguém.

Deu pra notar que saiu um vapor da gosma, como se estivesse fumegante.

O bichão continuava avançando. Então não havia muito tempo pra pensar.

— Galera! — Todos olharam pra Beto, no susto. — Antes da gente querer se matar, precisamos matar aquilo ali primeiro.

Com certeza, todos ficaram sem reação porque o finalista que parecia ser o mais idiota disse a coisa mais sensata.

Lia era a única que nos observava com cautela.

O Panda colocou a mão no queixo e fungou, olhando pra ninguém:

— O imbecil está certo.

Em seguida, todos se entreolharam.

— Como vamos fazer isso, então? — perguntou Tomiko-san.

— Vamos nos espalhar ao redor do monstro — disse Lia.

Sua fala causou um segundo espanto geral; menos em mim. Provavelmente os outros a consideravam mais um elo fraco dessa corrente.

— Boa ideia — Beto disse.

Lia olhou pra ele (pra nós) com a cara fechada.

— Beleza — Amin falou.

— Concordo — completou Tomiko-san.

A criatura, cada vez mais perto, gritou de cinco maneiras diferentes, todas terríveis e assustadoras.

— Tá bom, tá bom — o Panda se rendeu, às pressas.

Então ele continuou:

— Vocês dois... — Apontou pra Amin e Lia. — ...vão pela esquerda, e vocês dois... — Apontou pra Tomiko-san e Beto. — ...vão pela direita.

Todos balançaram a cabeça afirmativamente.

Os competidores avançaram na direção do bicho, conforme o plano.

O Panda correu com uma metralhadora nas mãos, direto pro encontro com a criatura.

À nossa esquerda, Amin saiu em disparada com uma espada flamejante. Lia correu feito louca com as mãos vazias. O que ela estava aprontando?

À nossa direita, Tomiko-san estava na dianteira, carregando nas costas seu machado de duas faces.

Beto tentou acompanhá-la, segurando um martelo com o dobro do seu tamanho.

O Panda gritou pro bicho, chamando a atenção de duas de suas cabeças.

Quem atacou primeiro foi Tomiko-san, já com o enorme machado empunhado por sua avatar musculosa com rostinho de menina fofa.

Ela cortou uma das patas de elefante, que desapareceu numa confusão de píxeis.

As cinco cabeças do bicho gritaram de dor.

A criatura pendeu pro lado.

O Panda deu uma gargalhada escandalosa e atirou com uma raiva insana em uma cabeça que lembrava um felino.

Até Beto considerou que a investida do Panda era motivo de comemoração.

Só que, no instante seguinte, Beto percebeu (nós percebemos), chocado(s) e intrigado(s), que Lia se aproximava por trás do Panda, chutando o balde do acordo que tínhamos feito.

CAPÍTULO 38 » LIA

Eu desferi mais um golpe no Panda-Rambo, mas o bicho era duro na queda e minhas habilidades de luta não eram das melhores. Só que eu era uma sobrevivente — no Ânima e na vida —, e não seria um avatar metido a machão que me impediria de chegar aonde desejava.

A final do Torneio estava exigindo de mim uma carga grande de energia. Estar numa prova em que valia tudo pra vencer tinha seu lado bom e ruim: não dava pra nenhum oponente alegar alguma jogada injusta. Por outro lado, também não era possível saber o que me esperava.

Todos os olhos estavam nessa disputa. Saber que tanta gente acompanhava cada detalhe do que acontecia na arena atrapalhava meu foco no plano: achar alguma brecha pra tomar o controle do Ânima sem que ficasse evidente que foi obra dos Animalescos. Eu sentia um olhar em especial monitorando todos os meus movimentos.

Desde o encontro com Beto e minha recusa em me juntar a ele (o que quer que essa parceria significasse), eu sabia que o cara não me deixaria em paz. Enquanto ele lutava com um tal de Amin, percebi olhares de esguelha na minha direção. Ele deveria estar esperando algum movimento estranho meu pra agir. Uma vez que ele sabia quem eu *realmente* era, eu não podia vacilar. Porém, teria que me preocupar com Beto mais tarde; era hora de me livrar de uns concorrentes.

Armei meu avatar com um soco inglês e parti pra cima do Panda-Rambo de novo. Essa não era uma arma fornecida pelo Ânima pra prova final.

Eu poderia ser desclassificada por ter interpretado as regras da forma mais livre possível? Até poderia. Mas eu duvidava que fossem fazer isso. Me tirar do Torneio seria admitir que a CW não tinha mais controle absoluto do que acontecia no Ânima — afinal, de que outro jeito uma simples jogadora conseguiria manipular os dados e melhorar suas armas? Ficaria feio demais. E, sinceramente, essa não era uma preocupação que ocupava minha cabeça; estava muito mais interessada em me divertir com o fato de que Doug teve que trabalhar pra mim.

E Doug fez um bom serviço, devo admitir, pois o Panda-Rambo ficou desnorteado com meu soco. Enquanto ele cambaleava, dei uma rasteira e o fiz cair de vez no chão. Ouvi um barulho de espanto da plateia, um "ooooh" que me encheu de satisfação. Acenei pras arquibancadas como uma celebridade que de fato eu (achava que) era. Minha vaidade foi recompensada com um belo chute no estômago, que quase pude sentir de verdade. Meu avatar perdeu algumas barrinhas de energia.

Levantei cambaleante e corri pra trás de uma barricada; precisava de um tempo pra me recuperar. Aproveitei pra analisar minhas opções de ataque. O Panda-Rambo era forte e habilidoso na luta, Tomiko-san era a mais ágil, Amin era uma incógnita pra mim e Beto... bom, ele também sabia controlar os bugs. Sentia que, no final, a disputa ficaria entre mim e o esquisitão.

Montei guarda em uma trincheira e coloquei um visor de alto alcance. Se eu não tinha chances na luta corporal, teria que agir pelas costas. Peguei uma zarabatana (mais um brinquedinho modificado por Doug), soprei o dardo na direção do Panda-Rambo e acertei na região da escápula direita. Teoricamente, era só pra ele ficar incapacitado por um tempo, mas a modificação fez com que a barra de energia do avatar chegasse a quase zero, sendo fácil pra Amin — que lutava com ele — acertar um golpe que o eliminasse da prova.

Amin passou a travar uma luta entre espada e machado com Tomiko-san; seria mais fácil derrotá-los depois, cansados. Foquei, então, minha atenção em Beto e no monstro gigante. O bicho era um bug do metaverso ou um elemento colocado ali de propósito pra dificultar a disputa? Eu precisava tentar controlá-lo.

— E aí, Betão, aquela parceria ainda tá de pé? — perguntei.

— Tá com medo de perder, é, Animalerda? — disse ele bem baixinho, enquanto tentava esmagar uma das patas do bicho com seu enorme martelo.

— Vamos ser sinceros aqui: esses dois não têm chance contra a gente — eu disse, apontando pra Amin e Tomiko-san. — Vamos deixar essa disputa só entre nós e que o melhor vença.

Nesse momento, cometi um erro que não era mais cabível àquela altura: subestimar um concorrente. Estava tão interessada em convencer Beto a se juntar a mim (mesmo que temporariamente) que não vi Tomiko-san se aproximar por trás e rasgar minhas costas inteiras com o machado, me fazendo perder metade da barra de vida.

Minha sobrevivência na prova final estava por um fio. Se eu não tinha muita chance de luta em perfeito estado, ferida desse jeito eu não duraria na competição. Mas nada estragaria esse momento: eu dei a minha vida pra chegar até ali e faria de tudo pra alcançar meu objetivo.

Levantei com esforço. Meu uniforme estava destruído, minha cara idem e minha vida também estaria se eu não agisse rápido.

Só que, a partir daí, tudo se transformou em outro tipo de caos.

O primeiro ponto de alerta foi uma mensagem criptografada de Marcos:

D = CW. Ameaça fora do Ânima. *Me pegaram.*

Ah, que maravilha! Comemorei cedo demais minhas sucessivas vitórias sobre Douglas. É claro que ele não deixaria barato perder pra uma novata. Se ele traiu até Marcos, o que não planejava fazer comigo? Mas eu mal tive tempo de pensar na mensagem.

De novo, minha ação foi interrompida — dessa vez no mundo real. Ouvi a porta do meu apartamento ser arrombada e um policial, acompanhado de outros, gritar pra mim:

— Afaste-se da mesa, Lia Ferraz! Você está presa!

Eu não conseguia deixar de pensar na loucura que era Lia estar envolvida numa milícia digital. Sério, essa história deixava minha boca seca... Se eu não tivesse visto a atitude estranha dela na semifinal, jamais acreditaria que estava disputando no mesmo time de uma golpista... Aquela garota nem *dev* era, gente!

Amin me alertou desde o início sobre grupos como esses, mas controlar os bugs do Ânima era algo bem sofisticado. Eu só fechei esse cerco quando resolvi fazer uma varredura no multiverso, usando os prompts que achei na casa de Kel. Assim, notei que os registros de falhas batiam com aumento de pontuação dela. De quebra, listei mais alguns jogadores suspeitos, com ocorrências parecidas. O Ânima mexe mesmo com a cabeça desse povo! E eu precisava dar um jeito nisso.

Cansei de ficar no meu apartamento decodificando os enigmas da minha namorada. Eu estava de volta à minha moto elétrica, cruzando a cidade pra encontrá-la! Sim, eu rastreei o IP dela. Não, não conversamos a respeito. Mas o que ela esperava mantendo os nossos sistemas conectados remotamente? Seguir o rastro do seu aparelho era a ordem natural das coisas...

O GPS apontou pra uma pequena fábrica têxtil abandonada, localizada em Cajazeiras. As luzes pareciam apagadas lá dentro. Deixei a moto na rua de trás e dei a volta andando, levando comigo uma mochila com possíveis ferramentas úteis. Na lateral do grande galpão, avistei uma porta de madeira carcomida, uma corrente atravessando o que deveria ser a fechadura e um cadeado. Usei uma chave micha pra abrir e entrei.

Me surpreendi com o que encontrei lá dentro: pelo menos umas quinze pessoas em mesas enfileiradas, trabalhando empenhadas em seus computadores de última geração. Havia também araras e prateleiras de inox, como resquícios do que fora aquele espaço. Fui caminhando da maneira mais silenciosa que pude, me escondendo atrás das prateleiras, buscando algum sinal que me levasse a Kel. Não precisei andar muito... Uma luminária articulada acendeu ao fundo e lá estava ela: sentada numa poltrona, os braços cruzados, o rosto à meia-luz mostrando os olhos castanhos e afunilados, típicos de uma nipo-brasileira:

— Bem-vinda ao meu esconderijo, Nia! Parece que conseguimos a minha cabeça primeiro no Torneio, não foi?

— Olha, suei bastante pra encontrar a sua cabeça no devido lugar! — Dei um risinho bobo. Um rapaz passou logo atrás de mim, carregando seu laptop. Ele parou e me olhou, espantado, com certeza se perguntando o que eu estava fazendo ali. Nesse ponto, meus olhos já estavam cheios d'água e disparei na direção de Kel. Não tive tempo de pensar, meus pés apenas tomaram o comando do meu corpo e correram. Eles sabiam muito bem o caminho de casa.

A um palmo de distância dela, meus lábios saudosos encontraram o melhor destino. Naquele momento, eu poderia jurar que o relógio girou ao contrário só pra nos dar mais alguns segundos. O tempo congelou por aquele beijo! Como resultado natural, meu coração entrou em festa. Um carnaval inteiro batucava no meu peito, enquanto Kel me puxava contra o seu corpo.

Nos abraçamos forte, temendo que a realidade nos afastasse outra vez. Me permiti ficar aninhada por um instante, sem falar nada. Eu não conseguia conter as lágrimas. A falta abriu comportas em mim que eu nem imaginava! Por isso, foi ela quem acabou quebrando o silêncio.

— Estamos performando algum filme B de terror? Sério, a gente tá chorando feito duas patetas no meio de um galpão escuro — ela disse, também entre lágrimas, me fazendo rir.

— A gente poderia estar chorando na sua casa, se você não tivesse decidido sabotar a sua própria empresa! — Queria dizer que pensei bem nessas palavras, mas seria mentira. Elas apenas saíram. Você poderia me culpar?

— Nia, você não tem ideia da angústia que senti por ver meu trabalho perder totalmente o propósito durante anos! — ela respondeu, se afastando e enxugando o rosto.

— Podia ter conversado mais comigo, Kel! Eu te apoiaria, como estou fazendo agora. Mas preciso *participar* dessas coisas. Não ser apenas varrida a ponto de achar que você está morta, ou sei lá o quê! — Essa angústia estava me consumindo havia uma semana e minha boca perdeu o controle.

— Tem razão... Eu tava acostumada a resolver meus problemas sozinha. Tenho que rever isso, já que tudo parece ter consequências absurdas nesse meio!

— Nem me fale, a Receita Federal baixou no meu trabalho, lembra?

— Mas por que resolveu se arriscar tanto? Eu queria te manter a salvo.

— Bom, imaginei que duas mentes pensando era melhor do que uma.

— OK, OK. Você tem um ponto.

— Descobri que tem uma milícia digital manipulando os bugs do Ânima.

— O Ânima está repleto de milícias ultimamente... Mas, peraí, dominando as falhas?

— É isso aí. Lia, que participou do Torneio conosco, estava ligada a um desses grupos.

— Mas esse tipo de domínio exige bastante conhecimento da matriz do Ânima... E, até que se prove o contrário, apenas eu e Brenan temos esse tipo de acesso. Na pior das alternativas, alguns pouquíssimos *devs* da CW. Fora que não é inteligente vender essas informações — Kelly falou e depois projetou a tela do seu laptop na nossa frente, usando a lente ultrafina e transparente que nunca retira do olho direito. A lente era uma tecnologia discreta e personalizada, que além da biometria da íris, funcionava como um firewall físico, conectado ao aparelho eletrônico via *wi-fi*. Abriu o navegador e fez buscas sobre as milícias digitais.

Eu mostrei a ela os dados que reuni. Após alguns minutos cruzando essas informações, ela comentou:

— Tive dificuldade pra investigar a identidade dos usuários que compunham a nossa equipe no Torneio. Beto, Doug e Sofia faziam uso de tecnologias aprimoradas pra ocultar suas informações pessoais. Com exceção de Lia, que, até o momento, eu acreditava ser apenas uma ex-operadora de telemarketing.

— A que parecia mais inofensiva foi quem deu a rasteira mais braba!

— Nia, Brenan tem vendido dados pessoais dos usuários pra uma série de empresas e o governo há anos! Foi por não conseguir freá-lo que resolvi me refugiar aqui e agir por conta própria.

— Então, você fez tudo isso pra ganhar tempo... — concluí, tentando engolir o ódio por Brenan, que rasgava a minha garganta.

— Exato. Desenvolvi uma I.A. pra controlar a saída e entrada de dados no Ânima, a fim de impedir essa coleta ilegal. E, como você pode ver, contei com a ajuda de alguns funcionários de confiança, além de hackers ao redor do mundo. Mas a coisa saiu do controle! Como consequência, surgiram os bugs e todo o resto você já sabe...

— Brenan mobilizou Deus e o mundo pra encobrir isso!

— Não tenha dúvidas! Fiquei surpresa foi com a decisão dele de manter o Torneio.

— O que esperar de um sacana ambicioso, não é?

— Bom, está na hora de acabar com essa festa! — Kelly disse com os olhos em chamas. Não sabia bem o que esperar disso e senti meu coração disparar. — Acabamos de criar uma nova I.A. Vamos usá-la pra, dessa vez, provocar um apagão no Ânima. Isso nos dará algumas horas pra agir no mundo real. Só que ainda preciso fechar a sequência, olha aqui. — Kelly apontou pro holograma projetado na nossa frente, que agora apresentava *prompts*.

O fato de ela me incluir nessa decisão final me deixou mais aliviada, por mais drásticas que fossem as consequências do que íamos fazer. Levamos algum tempo analisando a matriz, até que consegui fechar a linha que faltava. Decidimos que iríamos plantar a IA na Nascente do Ânima. Era a nossa melhor chance!

Distribuímos a sequência pros outros *devs* presentes. Eles logaram com seus usuários, distribuindo o código por todos os cantos do Ânima. Não demorou muito, o metaverso começou a pixelar, ficando todo desconfigurado. Até apagar de vez. Dei uma checada nas redes sociais. Em poucos minutos, o Ânima se tornou o assunto mais comentado no mundo.

Muitos usuários reclamaram de falhas grosseiras e de equipamentos pifando. Kel ficou radiante, pulava de alegria de um jeito que eu nunca tinha visto antes. A grande ironia era que isso representaria um enorme rombo nas contas da CW. Mas pra mim o que valia mesmo era que eu *finalmente tinha resgatado a princesa!*

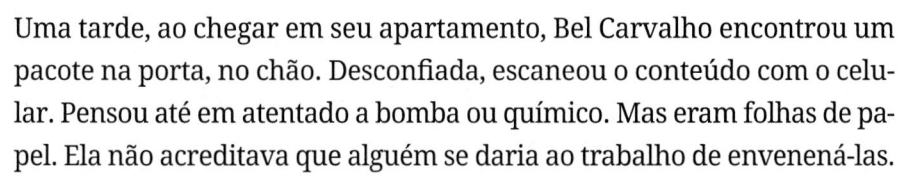

Uma tarde, ao chegar em seu apartamento, Bel Carvalho encontrou um pacote na porta, no chão. Desconfiada, escaneou o conteúdo com o celular. Pensou até em atentado a bomba ou químico. Mas eram folhas de papel. Ela não acreditava que alguém se daria ao trabalho de envená-las.

Ao sentar-se no sofá para ler aquele material, deparou-se com a peça mais louca do grande quebra-cabeças que tentava montar sobre o escândalo do Ânima. Era o relato de um tal Vagner Vargas, ex-agente do Ministério de Assuntos Estratégicos, que acabou se tornando o que mesmo? Parte de um coletivo digital chamado a Esfera?

No início, Bel achou que aquele texto era uma piada insana, um trote tão elaborado quanto ridículo. Mesmo assim, passou a investigar. À medida que avançava em suas apurações, o relato fazia cada vez mais sentido, e ela ficava cada vez mais assustada.

Isabel Carvalho, ex-repórter do canal *Todo Dia*, no MyTube, que se tornou conhecida pelo vídeo da aparição da primeira anomalia do Ânima no mundo real, estava obcecada pelo metaverso desde o episódio que testemunhara.

A notoriedade lhe trouxe benefícios, mas também problemas. Ficou mais fácil lançar seu próprio canal, conseguir patrocinadores, ter milhões de visualizações e milhares de curtidas. Porém, as autoridades a *convidavam* para novos depoimentos sobre o que ocorrera naquele dia, e sempre perguntavam se ela tinha mais informações envolvendo o Ânima. Toda vez, ela dizia que não. Bel bem sabia, com a ajuda da grana que tinha adquirido e de amigos hackers, que o governo a vigiava e grampeava. Então ela passou a enganá-los.

Tentar falar com Karen Soares, ex-supervisora do Campo, ex-chefe do agente Vargas, foi um grande risco que Bel estava disposta a correr. Mas o acesso a Karen mostrou-se impossível, confinada num presídio de segurança máxima, condenada como uma traidora da nação.

A sondagem de Bel, que chegara a ouvir gente do terceiro escalão do governo, em off, descobriu que havia suspeitas de que os bodes expiatórios no Ministério de Assuntos Estratégicos fizeram acordos com seus superiores. Em troca de assumir a culpa, teriam a garantia de uma condição abastada para seus familiares pelo resto da vida.

O relato do agente Vargas terminava com as seguintes palavras:

"O Ânima está mais vivo do que nunca, finalmente livre. Não pertence mais a um indivíduo, a uma empresa. O Ânima pertence a todos. O Ânima somos todos nós."

Certa vez, na recepção de uma clínica, Bel acompanhou uma entrevista com Brenan Cerqueira pelo celular.

— Qual sua opinião sobre a nomeação de Kelly Hashimoto como nova CEO da CW? — perguntou a jornalista.

— Por orientação dos meus advogados, prefiro não comentar o assunto.

— Você ainda tem contato com sua ex-sócia?

— Apenas tratamos de matérias estritamente legais, por meio de nossos representantes.

— Então, Brenan, é verdade que você pretende criar uma nova empresa de tecnologia?

Um sorriso largo e medonho se formou no rosto dele. Parecia que finalmente estava pronto para falar o que o deixava bem mais confortável.

Outra personagem que intrigava Bel era Lia Ferraz, que saiu do anonimato de ser uma competidora qualquer do Torneio para o posto de chefe de uma milícia digital. Mas ela não esquentou o colchão da penitenciária. Não se sabia como ela havia fugido — ou melhor, quem a havia ajudado na fuga. A moça sumiu no mundo. Depois de algumas semanas ocupando as manchetes dos principais veículos de imprensa, o caso caiu no esquecimento.

Quando um arquivo de áudio apareceu do nada na área de trabalho do seu computador, a repórter logo pensou que o governo estivesse por trás disso. Mas, mesmo sabendo dos riscos, o faro jornalístico falou mais alto. Ela clicou. O relato que ouviu parecia saído de um filme mirabolante de tão inverossímil; porém, quando se tratava do Ânima, já havia ficado claro, o impossível se tornava corriqueiro.

Bel esperava encontrar no áudio algum tipo de arrependimento ou busca pela redenção. Só que Lia Ferraz não parecia querer limpar seu nome. Demonstrava orgulho de quem havia se tornado.

Lia foi astuta o suficiente para não deixar vazar no áudio algum indício de onde se escondia, mas a vaidade pareceu traí-la quando revelou o que andava fazendo: comercializando dados de usuários do Ânima para quem pagasse mais. Dados esses que conseguira salvar antes de ser presa e os quais recuperou com os remanescentes dos Animalescos depois de fugir.

Bel não pôde deixar de se perguntar se Samantha/Sofia fizera parte desse reencontro do grupo. Não era de conhecimento público o envolvimento da moça no esquema, uma vez que o irmão, Doug (também conhecido como Ted, agora ex-funcionário da CW) não a citou na delação premiada contra os Animalescos.

E o tal Marcos? A figura mais enigmática entre eles. Foi pego mesmo? Quais eram suas verdadeiras intenções? Quem ele era no mundo real?

A jornalista salvou o arquivo de áudio em um nanochip e o apagou do computador. Por precaução, fez mais uma varredura do equipamento e trocou algumas senhas.

Com esses novos materiais em mãos, Bel decidiu reassistir à entrevista exclusiva dada por Kelly Hashimoto e Niara Dantas ao, reformulado e com muito mais audiência, portal *Todo Dia*.

Bel concordava que o retorno de Kelly Hashimoto à CW imprimia uma mudança corporativa de base. Afinal, a gigante multinacional brasileira abandonou a postura blindada, passando a assumir uma abordagem de transparência e colaboração, com total apoio do Conselho Diretor e dos acionistas.

No entanto, Bel sabia que, onde havia fumaça, havia fogo. Os conflitos da CEO com o ex-sócio eram bem nebulosos. Durante a entrevista, Niara se mostrava evasiva quando o nome de Brenan era mencionado. Falava com euforia do noivado com Kelly e do seu ingresso no quadro de funcionários da CW como programadora. Mas, quando o assunto era seu contato com o empresário durante o sumiço da noiva, suas respostas eram genéricas como "só trocávamos informações básicas", "não o conhecia profundamente". Ainda assim, um incômodo particular exalava da sua postura.

Bel notava a mesma coisa em Kelly, quando questionada sobre as falhas do Ânima e a invasão de criaturas digitais na cidade. A CEO mudou de expressão, sendo firme ao dizer que os familiares das pessoas atingidas estavam sendo indenizados pela empresa e que "tais monstros não atacariam nunca mais".

— Quero garantir a todos que, nós da CW, estamos empenhados em extinguir essas anomalias com uma força-tarefa, a qual estou chefiando *pessoalmente* — complementou a CEO com efusão. — Assim como decidimos que o Ânima não mais compõe o catálogo de produtos da empresa. Também não recomendamos o ingresso no metaverso por meio de versões piratas, comercializadas mundo afora, diante dos comprovados riscos para saúde dos usuários. Além de vazamento de dados pessoais, passível de responsabilização criminal.

Com uma xícara nas mãos, Bel se deu conta que essa entrevista rendeu mais popularidade ao casal. A jornalista não deixava de se perguntar sobre o impacto que o *falecido* Ânima ainda causava nas pessoas. Ela sabia que trazer a verdade à tona seria uma tarefa árdua. Refletiu sobre os riscos enquanto tomava mais um gole do seu café.

AGRADECIMENTOS

Este livro foi uma criação coletiva, afinal não só um, e sim três autores colocaram no papel a história que vocês leram. Mas outras pessoas também fizeram deste romance uma realidade. Elas nos ajudaram a escrever um texto melhor, sendo muito generosas ao dedicar tempo para fazer leituras atentas e comentários mais do que pertinentes. Agradecemos demais a Mariana de Lacerda, Michel Peres, João Mendes e Caio Amaro. Assim como a Thiago Lee. Sua consultoria técnica, aliando conhecimento em tecnologia e literatura, fez toda a diferença. Não podemos esquecer a aprovação de Duda Falcão e de Fernanda Castro. Bruno Romão, você arrasou na capa e no projeto gráfico! Um agradecimento especial vai para nossas mães, pais e famílias pelo apoio constante. E a Artur Vecchi e toda a equipe da AVEC por valorizar o especulativo nacional.

Mariana **Madelinn**

Foto: Brenda Guerra

Poeta, baiana com orgulho e bacharel em Direito, publica poesias na internet desde 2009. A partir de 2018, começou a publicar de maneira independente na Amazon. Teve participações nas antologias *Heroínas* e *Farras Fantásticas* (Corvus, ambas em 2021) e *Poetas Negras Brasileiras* (Editora de Cultura, 2021), organizada por Jarid Arraes através do selo Ferina.

Instagram: @madelinnautora

Carol **Vidal**

Carioca, mora em Salvador. Lançou de forma independente as obras *O fim é só o começo, Raízes de fogo,* e *Para onde vamos hoje?,* além de ter contos publicados em revistas e antologias, como *Farras Fantásticas* (Corvus, 2021). Fala de escrita e processo criativo na newsletter Devaneios Criativos.

Instagram: @carolvidal. Newsletter: tinyletter.com/carolvidal_

Foto: Brenda Guerra

Ricardo **Santos**

Foto: Brenda Guerra

Soteropolitano, viciado em ficção científica, fantasia, terror e café. Teve contos publicados na antologia *Cyberpunk* (Draco, 2019), vencedora do prêmio Argos, nas revistas *Somnium* e *Trasgo*, e na newsletter *Faísca*. Além de ser um dos organizadores das antologias *Estranha Bahia* (EX! Editora, 2019) e *Farras Fantásticas* (Corvus, 2021), vencedora do prêmio Le Blanc.

Instagram: @ricardosantosescreve.

www.avec.editora.com.br

Este livro foi composto em fontes Droid Serif e Lunatix OT,
e impresso em papel pólen soft 80g/m².